Direction de la publication : Carine Girac-Marinier
Édition : Ella-Meï Tabernero Chaudet
Direction artistique : Uli Meindl
Mise en page : SKGD-Création
Fabrication : Marlène Delbeken

L'Éditeur remercie Marion Blanchet pour ses précieuses remarques.

21, rue du Montparnasse
75283 Paris Cedex 06

ISBN : 978-2-03-599281-9

LE SECRET DE JULES VERNE

Gilles Saint-Martin

LARROUSSE

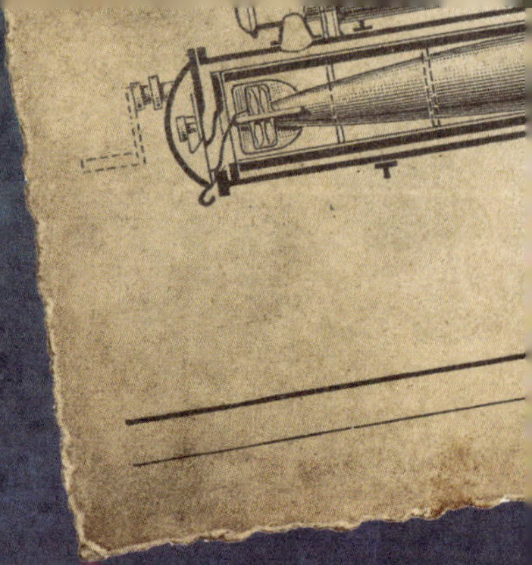

SOMMAIRE

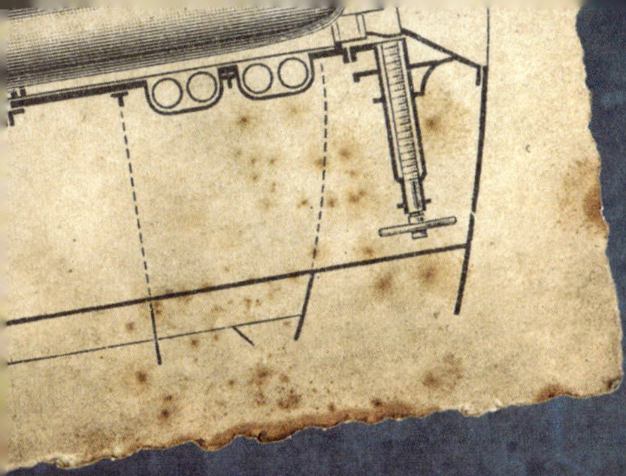

MODE D'EMPLOI

Le XIXe siècle touche à sa fin. La révolution industrielle est sur les rails et tout s'accélère. Les progrès scientifiques et technologiques promettent de grands bouleversements dans les décennies à venir. Le temps se raccourcit, les frontières se rapprochent et les voyages deviennent le quotidien d'un monde qui se découvre sous un jour nouveau. C'est le temps de tous les possibles, le moment où le savoir-faire des hommes rattrape leur imagination, où la réalité rejoint la fiction…

Avant d'entamer votre lecture, munissez-vous de quelques feuilles de papier et d'un crayon qui vous permettront de prendre des notes au fil des pages. Commencez par lire l'introduction pour découvrir le contexte de cette aventure qui va vous entraîner au cœur des *Voyages extraordinaires* de Jules Verne.

Ce livre se lit comme un roman. Cependant, vous serez parfois confronté à des énigmes qu'il vous faudra impérativement résoudre afin de poursuivre votre lecture.

Retenez simplement une chose : la réponse à chaque énigme est un nom de pays, de ville ou de lieu géographique. Vous trouverez ci-contre les instructions nécessaires pour pouvoir valider à chaque fois vos réponses. Et si jamais vous ne parvenez pas à résoudre certaines énigmes, n'oubliez pas que des indices et les solutions sont disponibles en fin d'ouvrage.

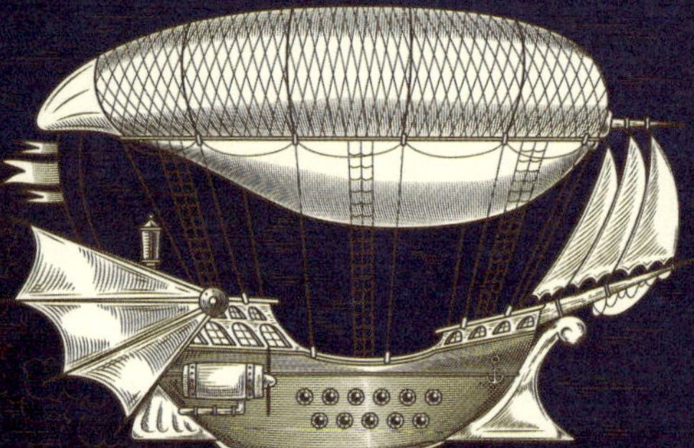

Pour vérifier vos réponses aux énigmes, reportez-vous au **DICTIONNAIRE DES LIEUX CLÉS**, page 180, et cherchez les lieux que vous pensez être exacts.

Si vous ne trouvez pas votre réponse, vous faites fausse route ! Réfléchissez à nouveau ou reportez-vous aux **INDICES** page 182 ou aux **SOLUTIONS** page 185.

Si vous trouvez votre réponse dans le dictionnaire, vérifiez que le **SYMBOLE** qui lui est associé correspond au pictogramme affiché au-dessus du titre du chapitre que vous êtes en train de lire.

- C'est bien le cas ? Parfait, vous pouvez continuer votre lecture !
- Le symbole n'est pas le bon ? Continuez à réfléchir ou reportez-vous aux **INDICES** page 182, ou aux **SOLUTIONS** page 185.

Bonne chance !

Jules Verne

Tout ce qu'un homme peut imaginer, un jour, d'autres hommes le réaliseront.

Troisième Année. — N° 745

PARIS ET DÉPARTEMENTS : 10 CENTIMES

MERCREDI 10 MARS 1886

Le Matin

DERNIERS TÉLÉGRAMMES DE LA NUIT

RÉDACTION : De 8 h. du soir à 6 h. du matin

ADMINISTRATION : De 10 h. matin à 6 h. soir

SEUL JOURNAL FRANÇAIS RECEVANT PAR FILS ET SERVICES SPÉCIAUX LES DERNIÈRES NOUVELLES DU MONDE ENTIER

L'ACTE D'UN FOU

TENTATIVE D'ASSASSINAT CONTRE M. JULES VERNE

Le coup de revolver d'Amiens – L'auteur de l'attentat – La blessure du romancier – L'arrestation du coupable.

(Par service spécial)

Amiens, 10 mars. C'est le neveu de M. Jules Verne, M. Gaston Verne, étudiant à Paris, qui a commis hier, sur le célèbre romancier, la tentative de meurtre. Il a aussitôt été arrêté. C'est un jeune homme de vingt-cinq ans, qui est, affirme-t-on, atteint de monomanie.

Quant à M. Jules Verne, il a été blessé au pied gauche et a été pansé par les docteurs Lenoël et Froment.

C'est un revolver du calibre de 7 millimètres dont M. Gaston Verne s'est servi. La balle a atteint l'auteur des Voyages extraordinaires *à la naissance du tibia. Après avoir troué la bottine et traversé la chaussette, la balle a pénétré profondément dans le pied.*

M. Jules Verne va, toutefois, aussi bien que possible. Mais il est fort affecté par cette tentative criminelle, quoique inconsciente, de la part de son jeune neveu, qu'il affectionnait fort.

Un grand nombre de personnes sont venues, durant toute la soirée, prendre des nouvelles du blessé.

L'ATTENTAT

Voici maintenant quelques détails sur les circonstances de cet acte criminel. Vers cinq heures du soir, M. Jules Verne revenait du cercle de l'Union et rentrait chez lui, au 2, rue Charles Dubois, quand, au moment où il mettait la clé dans la serrure de sa porte, il vit un jeune homme qui, posté à quelques pas dans la rue, le visait avec un revolver.

Au même instant retentissait une double détonation. L'une des balles vint faire ricochet près de M. Verne contre le côté en pierre de la porte, tandis que l'autre l'atteignit au pied gauche.

Le domestique du romancier accourut immédiatement à son aide. M. Jules Verne, qui avait gardé son sang-froid, se précipita vers son agresseur et le désarma.

Le jeune homme n'opposa aucune résistance, et grande fut alors la stupéfaction de M. Jules Verne lorsqu'il reconnut son propre neveu, Gaston Verne.

Ce malheureux garçon, qui naguère donnait dans ses études les preuves d'une brillante intelligence, avait commencé, il y a quelques mois, à manifester des symptômes de folie. En proie à la « folie de la persécution », il s'était mis à ruminer une multitude de projets de vengeance.

L'ENQUÊTE

M. Jules Verne fit entrer chez lui son neveu, qui paraissait n'avoir aucune conscience de l'acte qu'il venait d'accomplir. Quand, quelques minutes après, le commissaire central ainsi que M. Grégoire, commissaire du quatrième arrondissement, vinrent l'interroger, ces magistrats ne purent tirer aucune parole du pauvre aliéné.

Néanmoins, ils cherchèrent à reconstituer les circonstances de sa venue à Amiens. Il aurait réussi à s'échapper de Blois, où sa famille le surveillait étroitement, et était arrivé hier même vers trois heures. Sous l'emprise d'hallucinations, il avait dû se rendre tout droit rue Charles Dubois, où les gens du quartier l'avaient vu, d'ailleurs, se promener de long en large pendant deux heures, attendant l'arrivée de son oncle – sur lequel il a tiré dès qu'il l'a aperçu.

Après avoir vainement tenté de l'interroger, les commissaires ont fait conduire M. Gaston Verne à l'Hôtel-Dieu.

AMIENS, 11 MARS 1886.

À peine arrivé à la fin de l'article, vous lâchez votre valise et vous vous asseyez lourdement sur le premier banc venu pour vous remettre de vos émotions. Vous êtes choqué, perturbé. Comment a-t-on pu en arriver là ? Comment peut-on en vouloir à un auteur si talentueux ? Année après année, cet écrivain de génie a réussi la prouesse de coucher sur le papier le fruit d'une imagination débordante en faisant voyager et rêver des lecteurs de tous âges. Ses écrits n'ont pas de frontières, pas de langues, et seront certainement connus pour des siècles. Même la folie ne peut justifier un tel acte. C'est insensé. Est-ce un canular ou bien la triste vérité ?
Tous ces détails journalistiques ne vous suffisent pas. Vous avez eu raison de faire vos bagages et de venir ici. De toute façon, vous n'avez rien à perdre. Il faut comprendre.

Vous pliez le journal et le rangez dans la poche intérieure de votre manteau. Les autres poches sont occupées par votre revolver, quelques objets qui ne vous quittent jamais et des documents de circonstance.
Une fois franchie la haute porte vitrée qui donne dehors, vous profitez d'un air moins chargé de vapeur que celui du quai. La journée s'annonce froide et vous ne regrettez pas d'avoir emporté des vêtements chauds pour ce voyage improvisé.

Impatient d'en savoir plus sur cette étrange histoire, vous avez acheté ce canard dès votre arrivée à la gare d'Amiens. Il faut dire que le numéro d'hier, celui qui a tout déclenché, était plutôt laconique. D'un geste machinal, vous l'extirpez de votre poche et esquissez un sourire satisfait en pensant que vous serez bientôt devant le principal intéressé.

Troisième Année. — N° 745

PARIS ET DÉPARTEMENTS : 10 CENTIMES

MERCREDI 10 MARS 1886

Le Matin

DERNIERS TÉLÉGRAMMES DE LA NUIT

SEUL JOURNAL FRANÇAIS RECEVANT PAR FILS ET SERVICES SPÉCIAUX LES DERNIÈRES NOUVELLES DU MONDE ENTIER

L'ACTE D'UN FOU

(D'UN CORRESPONDANT)

AMIENS, 9 mars.

Ce soir, à cinq heures, un fou a tiré deux coups de revolver sur M. Jules Verne.
M. Jules Verne a été atteint à la jambe.
La blessure ne présente aucune gravité.

Parti au petit matin de la gare du Nord, vous avez pris la ligne passant par Saint-Denis, Pontoise et Creil, avant de finalement arriver en gare d'Amiens.

Durant tout le trajet, malgré le confort de votre banquette et sans trop savoir pourquoi, vous n'avez pas cessé de penser à ce que vous avez vécu, le 1er septembre 1870, à Sedan. La bataille faisait rage et un obus dévastateur a ravagé votre jambe. Le pire, c'est qu'il ne venait pas du camp prussien, mais du vôtre. Vous avez vécu cela comme une trahison, une injustice commise par la folie de votre propre nation ; cette blessure a transformé votre jeune esprit patriotique et fougueux en âme pacifique et tempérée.

Aujourd'hui, seuls d'immenses efforts et une application de tous les instants vous permettent de garder un semblant d'égalité avec les autres hommes, de rester un membre actif de la société moderne. Il serait bien plus aisé de sombrer dans la facilité, mais vous n'êtes pas du genre à vous satisfaire d'une vie d'assisté. Vous boitez et vous faites avec. C'est un moindre mal après les souffrances que vous avez traversées. Pourtant, à la longue, vous vous y êtes résigné. Tous les jours, au réveil, les shrapnels qui habitent encore votre corps ne cessent de vous rappeler cet instant qui a brisé vos espoirs d'aventures et, du même coup, votre vie.

Après la guerre, vous avez donc investi toute votre volonté et votre énergie dans une reconversion que vous avez jugée utile et fidèle à vos valeurs : vous avez intégré les rangs de la police.

Vous êtes aujourd'hui un inspecteur reconnu qui œuvre pour le développement d'une toute nouvelle discipline : la police scientifique. Ce métier est passionnant, toujours plein de surprises ; mais, à la longue, vous trouvez qu'il devient monotone. Vous ne comptez plus les heures passées dans votre bureau et les montagnes de paperasse que vous avez signées pour finalement n'obtenir que des résultats mitigés. Cette vie sédentaire est usante, lassante, déprimante.

Heureusement, vous avez toujours su garder vos rêves d'aventures. Ils sont pour vous comme une échappatoire qui vous permet de tenir le coup, de continuer à vivre avec le secret espoir de découvrir le monde un jour ou l'autre. Depuis votre enfance, ces rêves ont été nourris par les livres de Jules Verne. *Cinq Semaines en ballon* a été le premier de ces *Voyages extraordinaires* qui parviennent à vous emporter au-delà de votre quotidien. Vous vouez une grande admiration à cet auteur, qui a pour vous valeur de gourou. Votre équilibre personnel est précaire et s'il tient malgré tout, c'est un peu grâce à lui.

Voilà pourquoi, lorsque vous avez lu cette information dans le journal, votre sang n'a fait qu'un tour. Vous deviez faire quelque chose pour comprendre. Vous avez prétexté un grand besoin de vacances, filé chez vous pour boucler votre valise et pris le premier fiacre venu pour vous conduire à la gare du Nord. Quelques heures plus tard, vous voilà à destination, à Amiens.

Vous hélez un fiacre et lui demandez de vous conduire à l'hôpital. Peu après, grâce à votre carte de police, vous atteignez la porte de la chambre où se trouve Jules Verne. Vous hésitez quelques instants avant de frapper. C'est la première fois que vous allez voir de vos propres yeux celui qui a conçu tous les romans que vous adorez. Finalement, ce n'est qu'après avoir pris une profonde inspiration que vous franchissez le pas. Lorsque vous pénétrez dans la chambre, vous découvrez un homme somnolent qui ne se rend compte de votre arrivée qu'au bout de quelques instants. Allongé sur son lit, le pied gauche pansé, il vous dévisage d'un air circonspect, puis déclare :

– Qui êtes-vous ? Encore un de ces curieux qui viennent voir le célèbre auteur blessé ?

– Non, pas du tout, répondez-vous sur un ton quelque peu hésitant et intimidé. Je suis inspecteur de police. Je viens de Paris pour vous parler.

– Voilà autre chose ! Un inspecteur s'est déjà occupé de mon affaire. Il a conclu à la folie de mon neveu. C'en est assez pour moi. Laissez-moi tranquille.

Son attitude vous surprend autant qu'elle vous intrigue. Votre instinct vous suggère qu'il ne vous dit pas tout. Vous poursuivez donc la conversation en vous efforçant d'apaiser son comportement défensif et de lui faire comprendre vos motivations. Vous faites un pas en avant pour lui montrer votre claudication :

– Nous avons beaucoup de points communs, monsieur Verne. Je suis un amoureux de vos romans et, comme vous, j'ai été blessé par quelqu'un qui n'était pas mon ennemi mais qui agissait par folie. Je tiens à vous dire que je suis sincèrement heureux que votre blessure ne soit que passagère, car je ne sais que trop bien ce que signifie l'affaiblissement d'un de ses appuis.

Visiblement sensible à votre nouvelle approche, il se redresse lentement en grimaçant.

– Les chirurgiens n'ont pas pu extraire cette fichue balle, gémit-il. Elle restera toute ma vie dans mon pied, comme un souvenir douloureux et ineffaçable.

– Je vous souhaite de ne pas trop en souffrir, monsieur.

– Merci, mais est-ce pour me dire ceci que vous avez fait tout ce chemin ?

– Non. Je suis ici pour comprendre ce qui s'est réellement passé. Cette histoire de folie soudaine de votre neveu sonne faux. Je suis convaincu que cela cache quelque chose.

Verne se met à tripoter sa barbe poivre et sel. Les yeux à-demi clos, il réfléchit longuement, puis déclare :

– Moi non plus, je n'y crois pas, mais je préfère qu'il en soit ainsi. C'est mieux pour tout le monde et je tiens à ce que rien ne change. Je veux oublier.

– Cela ne me surprend pas, monsieur Verne, mais l'oubli est parfois impossible et même dangereux. Croyez-moi, je sais de quoi je parle.

– Que voulez-vous ?

– Je veux vous aider. Je veux tout faire pour que vous ne soyez pas hanté par le regret, pour que vous puissiez continuer à créer des histoires pleines d'aventures et de voyages. En somme, je veux comprendre pourquoi votre neveu a commis cet acte, apaiser votre esprit et aussi le mien. Je suis prêt à tout pour cela.

Verne se replonge dans une longue réflexion. Il semble hésiter, comme s'il était tiraillé entre le désir de révéler un lourd secret et l'obligation de le taire. Tout à coup, la porte s'ouvre. Un homme en costume entre sans prendre la peine de se présenter.

– Bonjour, Jules, lance-t-il. Je reviens de l'Hôtel-Dieu.

– Quelles sont les nouvelles ? demande Verne.

– Gaston s'est muré dans le silence. Il n'y a rien à faire, si ce n'est attendre et espérer.

L'homme se tourne vers vous, vous observe d'un air curieux, et demande :

– Qui êtes-vous ?

– C'est un policier à qui j'ai demandé de venir pour régler quelques affaires chez moi, répond Verne avant même que vous n'ayez eu le temps de prendre la parole. Il allait justement partir.

Déstabilisé par cette intervention, vous jouez néanmoins la carte de la complicité et complétez :

– C'est exact. Je vous laisse, messieurs.

À peine avez-vous fait un pas que Verne vous interpelle :

– N'oubliez pas la clé ! Ce serait un comble qu'un policier entre dans mon cabinet de travail par effraction.

Cette plaisanterie déclenche un rire timide de la part du nouvel arrivant. Verne, souriant derrière sa barbe, prend une clé sur son chevet et vous la tend. Au moment où vous la saisissez, il précise en vous regardant droit dans les yeux :

– Les voyages, aussi extraordinaires soient-ils, peuvent révéler la vérité à qui sait ce qui se cache derrière. Le temps ne compte pas, inspecteur. Prenez celui qu'il vous faudra, soyez vigilant, et ne vous laissez arrêter par aucune frontière. Mon cœur vous offrira de quoi le faire. Vous êtes clairvoyant et j'ai confiance en vous. À un de ces jours, j'espère.

Sur ces mots aussi surprenants qu'intrigants, vous saluez les deux hommes et quittez la chambre avec mille questions à l'esprit.

LA MAISON DE JULES VERNE

Rue Charles Dubois, Amiens, 11 mars 1886.

Jamais vous n'auriez imaginé que votre rencontre avec Jules Verne se déroulerait de cette manière. Vous avez eu la confirmation de ce que vous pressentiez. Vous êtes maintenant certain que l'agression commise par Gaston, son propre neveu, n'est pas le résultat d'une folie fortuite. Cet acte cache autre chose que Jules Verne n'ose pas révéler. Pourtant, il semble avoir vu en vous quelqu'un de confiance. De toute évidence, il vous a mis sur une piste en vous donnant cette clé. Quel secret cache-t-il ? C'est en songeant à cette question que vous atteignez la maison de l'auteur. Le bâtiment est vaste, comporte deux étages et se démarque par la présence d'une tour surmontée d'un belvédère. À l'image du quartier, il est construit en briques rouges et est agrémenté de linteaux et de corniches en pierre claire.

L'originalité et le caractère cossu de cette habitation en font un repère idéal pour un écrivain tel que Jules Verne.

Vous descendez du fiacre qui vous a conduit jusqu'ici depuis l'hôpital. À côté de la porte, vous remarquez immédiatement un impact dans la pierre. Il s'agit certainement de celui laissé par la seconde balle tirée par Gaston. Vous observez longuement cette entaille dans la pierre en vous demandant quelles surprises vous attendent à l'intérieur.

Vous faites sonner la cloche. Peu après, la lourde porte s'ouvre. Un homme apparaît ; sans doute le domestique de maison. Il vous reçoit poliment. Lorsque vous lui montrez votre carte de police et lui expliquez avoir été envoyé par M. Verne en personne, il vous laisse entrer.

– La maison est vide, précise-t-il en vous faisant traverser la cour intérieure qui se prolonge sur un jardin. Madame Honorine et les enfants sont sortis pour la journée. Leur vie a été quelque peu bouleversée depuis cet événement et, pour tout vous dire, la mienne aussi.

Vous hochez la tête en signe de compassion et vous lui emboîtez le pas dans l'escalier en colimaçon de la tour.

Arrivé au second étage, il vous montre une porte et déclare :

– Voici le cabinet de monsieur Verne. Si vous n'avez plus besoin de moi, je vais vous laisser. Je vous demande juste de ne pas mettre de désordre.

Vous le remerciez et avancez vers la porte. Elle est verrouillée. Vous sortez alors de votre poche la clé que vous a confiée Jules Verne et l'insérez délicatement dans le trou de la serrure. La porte s'ouvre sans difficulté et vous pénétrez dans une salle à la tapisserie fleurie où quelques tableaux de paysages exotiques sont accrochés. Un bureau et un fauteuil de style contemporain font face à une fenêtre agrémentée de rideaux élégamment attachés avec des rubans. Un petit lit à armature métallique couvert d'un tissu assorti à la tapisserie complète l'ameublement. La simplicité de ce lieu contraste avec la richesse et l'originalité des romans qui ont été écrits ici. Vous vous trouvez pourtant bien dans le cabinet de travail de Jules Verne.

Ému, vous avancez vers le bureau. Ce dernier est recouvert d'une impressionnante quantité de revues et de livres scientifiques. Vous apercevez soudain une mappemonde annotée de trajectoires tortueuses. Vous reconnaissez immédiatement les *Voyages extraordinaires* décrits dans les romans de Jules Verne.

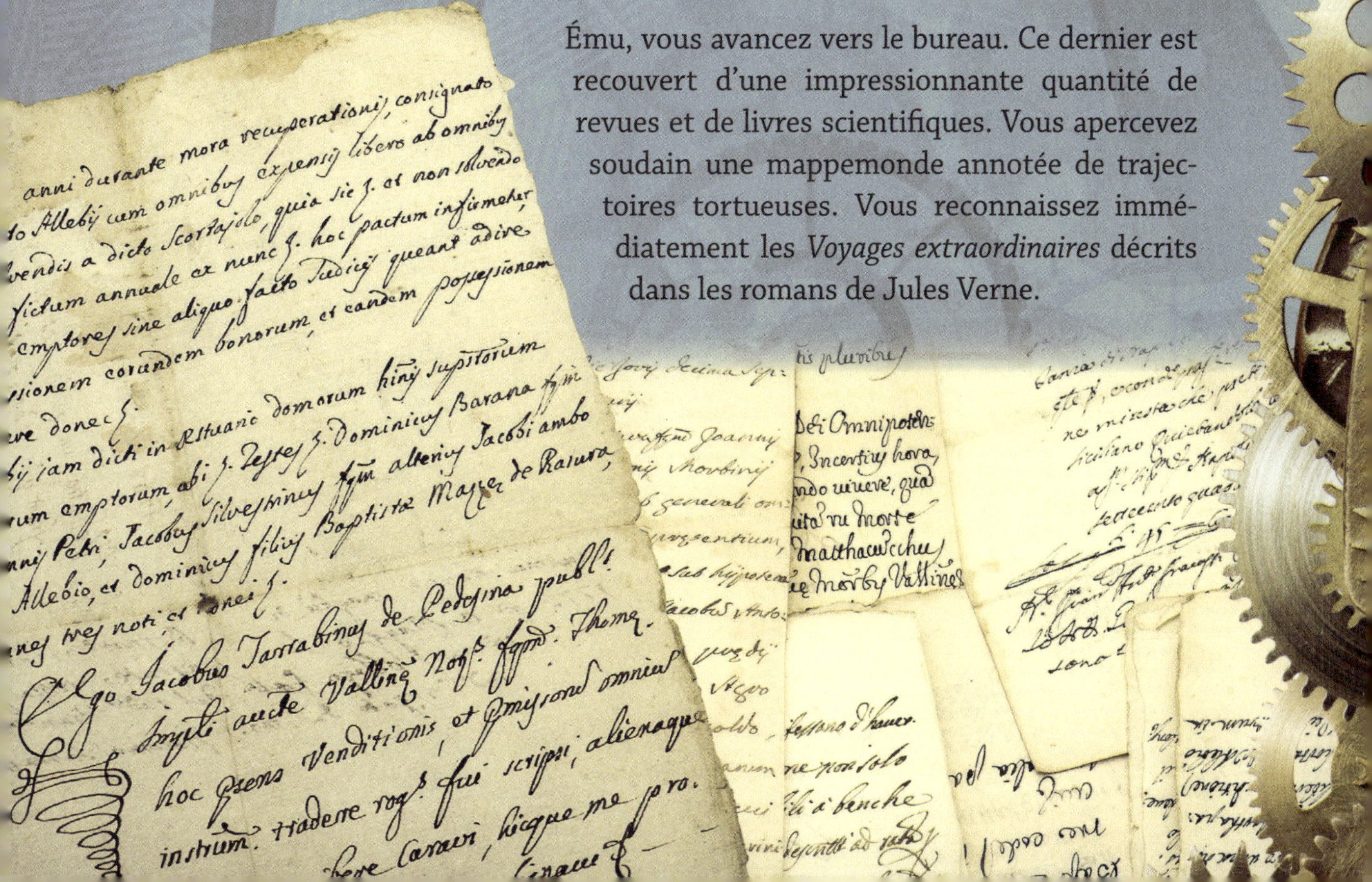

La carte des Voyages extraordinaires

Vous contemplez cette carte avec curiosité et respect. Tous les itinéraires parcourus par les personnages des romans sont rassemblés sur ce seul document. C'est une véritable pièce de collection qui ravive vos souvenirs de lecture et attise vos rêves d'aventures et de voyages.

Votre regard furète çà et là, avide de découvrir d'autres éléments de la vie quotidienne de votre écrivain préféré. Vous remarquez un petit carnet. Patinée à l'extrême, sa couverture en cuir témoigne de son utilisation fréquente. Vous le saisissez délicatement et le feuilletez. Il contient une multitude de notes, de schémas, de dessins et de calculs, et vous reconnaissez des éléments appartenant aux derniers romans que vous avez lus. La dernière page attire votre attention : elle contient un alphabet numéroté et annoté.

Cette page vous perturbe. Elle est bien écrite de la main de Jules Verne, mais son sens vous échappe. Vous avez beau fouiller dans vos souvenirs, vous ne vous souvenez pas d'un quelconque « Malin » dans ses romans. Cette mention vous fait plutôt penser à un délire paranoïaque et ésotérique qui n'est pas du tout du genre de cet auteur, toujours imaginatif, mais très rationnel. Cette étrange découverte vous laisse perplexe.

Le Malin existe. Il sait que je l'ai découvert.
Il faut l'arrêter avant qu'il n'agisse.

A	B	C	D	E	F	G	H	I	J	K	L	M
1	2	3	4	5	6	7	8	9	10	11	12	13
N	O	P	Q	R	S	T	U	V	W	X	Y	Z
14	15	16	17	18	19	20	21	22	23	24	25	26

Vous continuez à examiner le bureau en espérant y trouver des explications. Malheureusement, vous n'y voyez que des objets du quotidien ; élégants, certes, mais banals pour un tel endroit.

Une boîte en acajou posée sur le chevet du lit attire néanmoins votre attention. Elle a la forme d'un cœur. Les derniers mots de Verne vous reviennent à l'esprit : « *Le temps ne compte pas, inspecteur. Prenez celui qu'il vous faudra, soyez vigilant, et ne vous laissez arrêter par aucune frontière. Mon cœur vous offrira de quoi le faire.* » Vous l'ouvrez et trouvez à l'intérieur une énorme somme d'argent. Il y a là plusieurs années de salaire pour l'inspecteur que vous êtes ! Après une longue hésitation, vous finissez par refermer la boîte.

Vous repensez aux paroles énigmatiques que Jules Verne a prononcées dans sa chambre d'hôpital : « *Les voyages, aussi extraordinaires soient-ils, peuvent révéler la vérité à qui sait ce qui se cache derrière.* » Maintenant que vous vous trouvez devant la carte, une idée vous vient à l'esprit, comme une évidence. Vous retournez le document et découvrez au verso une série de nombres.

+4	+9	+5	+4	+2	+6	0	+8	+2	-18	-4	-11
-20	+11	-2	+14	-14	-2	-6	-15	+2	0	-2	-3
+10	+11	-9	+2	-8	0	+7	-4				

Ces valeurs ne semblent avoir aucun rapport entre elles. Que peuvent-elles bien signifier ? Votre instinct vous suggère qu'il s'agit vraisemblablement d'un code, qui doit sûrement masquer une information très importante. En tout cas, Jules Verne vous ayant habilement suggéré de retourner la carte, il veut donc que vous découvriez cette information.

DÉCODEZ LE MESSAGE ET IDENTIFIEZ LE LIEU QUI Y EST CITÉ.

NE TOURNEZ PAS LA PAGE !

Pour pouvoir lire la suite de ce chapitre,
vous devez d'abord résoudre cette énigme !

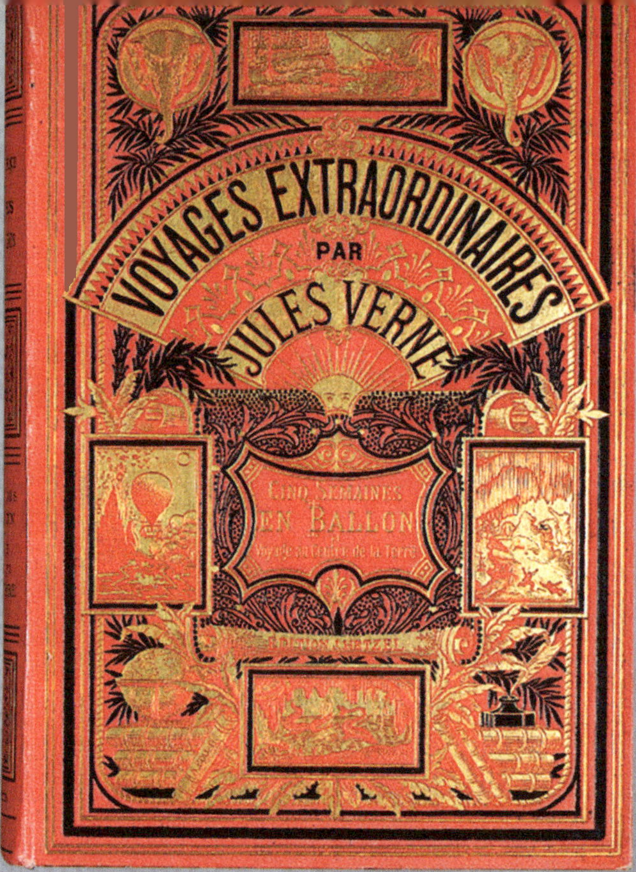

Vous ne vous étiez pas trompé. Le message codé fait bien référence à un secret. Il semble que Jules Verne l'ait partagé avec un certain P.-J. Hetzel et qu'il soit conservé à Monte-Carlo. Ce n'est pas étonnant. Le nom de Hetzel est en effet intimement lié à celui de Verne : cette maison d'édition publie les *Voyages extraordinaires* depuis 1863, date de parution de *Cinq Semaines en ballon*, le premier roman de Jules Verne. Vous l'avez lu il y a déjà plus de vingt ans, mais vous vous en souvenez comme si c'était hier. Vous n'étiez à l'époque qu'un adolescent turbulent et bagarreur centré sur lui-même. Mais cette histoire vous a donné le goût de la lecture et a ouvert votre esprit à la diversité du monde. Ce roman a marqué le début de votre attachement aux écrits de Jules Verne. Démêler et comprendre cette histoire devient soudainement comme un besoin vital pour vous.

Pour aider M. Verne, vous devez donc commencer par vous rendre à Monte-Carlo. Désormais convaincu que Verne souhaite financer votre enquête, vous prenez l'argent contenu dans le coffret. Votre cœur s'accélère. Vous vous sentez heureux : une grande aventure vous attend !

ÉDITEUR ET CONFIDENT

Principauté de Monaco, 13 mars 1886.

C'est en fin de journée que vous atteignez Monaco. La dernière partie du voyage, faite en fiacre depuis Nice, n'a pas été simple. La principauté est encore sous le coup d'un terrible accident ferroviaire survenu il y a trois jours sur la voie reliant Monte-Carlo à Cabbé-Roquebrune. Deux trains se sont violemment percutés. D'après les articles de presse que vous avez pu lire, la collision a été effroyable. Les machines se sont enchevêtrées dans un vacarme assourdissant. Plusieurs wagons ont chuté vers le bord de mer, à des dizaines de mètres en contrebas.

Vous demandez au cocher de vous conduire à la villa Auguste, le lieu de résidence d'hiver de Pierre-Jules Hetzel.

En chemin, vous profitez des magnifiques vues sur la mer, sur les criques parsemées de palmiers et sur des maisons plus belles les unes que les autres. Quel décor dépaysant pour un policier parisien habitué aux sombres bureaux !

À la porte de la villa, vous vous présentez comme un inspecteur de police devant parler avec M. Hetzel. Après avoir hésité, le domestique vous laisse entrer, mais prend soin de vous préciser :

– Monsieur Hetzel est au plus mal. Sa maladie le fatigue beaucoup et votre entretien devra être bref.

Vous le suivez dans le bâtiment. Une fois dans la chambre de Hetzel, vous découvrez un vieil homme alité, visiblement très malade. Sa barbe grise et clairsemée et sa chevelure blanche et bouclée ne correspondent pas à l'image que vous vous étiez faite de cet homme de lettres reconnu, fait chevalier de la Légion d'honneur il y a quelques années.

Lorsqu'il vous aperçoit, il vous fait signe d'approcher. Vous vous asseyez sur une chaise non loin de lui, et vous lui racontez la raison de votre venue. Vous complétez votre récit par le détail de vos trouvailles dans le cabinet de travail de Jules Verne. En entendant ces mots, il esquisse un sourire timide. Ses yeux se mettent soudain à briller.

– Je suis heureux que vous preniez cette affaire en main, inspecteur, déclare-t-il. Quand Jules m'a confié son secret, je n'y ai pas cru. Pourtant, quand j'ai appris l'agression dont il a été victime, j'ai dû me rendre à l'évidence. Le Malin, comme il s'attache à l'appeler avec raison, existe bel et bien. Ce personnage est un mystère insaisissable mais terriblement dangereux. Il faut mettre un terme à ses agissements.

– Pouvez-vous m'en dire plus sur ce « Malin » ?

– Malheureusement non, car Jules m'a épargné les détails de ses découvertes pour me protéger. J'ai cependant en ma possession une lettre dans laquelle il explique tout. Mes forces m'abandonnent et je crois qu'il faut que je vous confie ce document. De toute façon, je n'ai pas le choix ; je n'ai plus beaucoup de temps devant moi.

Le vieil homme désigne alors de sa main tremblante le tiroir du bureau. Vous l'ouvrez et y trouvez une enveloppe cachetée à la cire sur laquelle ne figure pas la moindre mention. Hetzel refuse que vous l'ouvriez devant lui.

À cet instant, le domestique entre dans la chambre, suivi par un médecin et un autre homme ayant un air de famille avec Hetzel et qui doit être son fils. Vous comprenez que votre entretien avec l'éditeur vient de prendre fin.

Vous saluez respectueusement l'honorable malade, puis quittez la villa.

Vous décachetez l'enveloppe et sortez la lettre qu'elle contient. Comme vous vous y attendiez, vous reconnaissez l'écriture rigoureuse et volontaire de Jules Verne. Vous vous asseyez sur un banc pour lire la lettre attentivement.

Je suis anéanti.

Cela fait des années que j'ai des soupçons et iLs viennent aujourd'hui de se confirmEr. Une personne que j'ai décidé d'appeler " le Malin " est en train de préparer dans l'ombre une catastrophe sans précédent. Il s'inspire des lieux et des inVentions de mes romans pour fomenter un plan belliqueux quI Concerne, je le crains, le monde en Tier.

Mon dernier rOman n'est pas encore paRu. Pourtant, des Indices concordAnts me font penser que l'Albatros Est en passe d'être conStruit quelque parT sur le globe. Seul Pierre-Jules Hetzel a lu mon manuscrit. C'est un homme en qui j'ai toute Confiance et j'en viens donc A la conclusion que mes éCrits sont surveillés, cHapardés par le Malin qui les utilise pour ses noirs dEsseins. Qui est-il ? Où est-il ? Je n'en sAis rien. Je n'ai que des hypothèses, des doUtes qui ne sauraient coNstituer la mOindre preuve. J'ai pourtant œuvRé sans relâche pour le Démasquer, mais en vain.

Aujourd'hui, j'ai peur. Mes contacts ont eu De malheureux accidents ou des maUx surprenants : mes certitudes ont été baLayées par des démentis douteux. Je suis persuAdé que Cet individu se sait surveillé Et qu'il fait tout Pour anéantir mon investigatiOn. J'ai le presseNtiment qu'il va agir et qu'il Y aura des victimes – beaucoup de victimes. Jamais je ne pardonnerais que ma famille, mes proches ou Même des tiers souffrent par ma faute. J'ai donc décidé, à regret, d'arrêter de chercher et de coucher ce sEcret sur ce papier qui en sera la mémoire.

Jules Verne

Cette lettre vous fait comprendre la position délicate dans laquelle se trouve Jules Verne. Il a apparemment fait une découverte terrible, qui pourrait affecter son entourage. Ce mystérieux Malin semble profiter de sa créativité pour perpétrer des crimes. Les incroyables machines mises en scène dans les romans de Jules Verne résultent d'une imagination débordante mais sont toujours soigneusement élaborées en tenant compte des connaissances scientifiques les plus pointues. Verne, connu pour être un auteur sérieux et travailleur, se documente beaucoup et croise parfois les travaux des plus grands savants et ingénieurs du moment. Penser qu'un tel labeur, voué au divertissement, puisse être détourné à des fins belliqueuses est inacceptable. En tant que policier, vous devez arrêter cette folie.

Le seul problème, c'est que vous n'avez aucun point de départ, si ce n'est cette lettre. Vous la relisez en espérant y trouver des informations que vous auriez négligées, mais rien n'y fait. Soudain, vous vous rappelez la carte des *Voyages extraordinaires*. Verne y avait caché une série de nombres qui vous a conduit ici, à Monte-Carlo. Vous retournez donc la lettre et découvrez au verso une bien étrange phrase :

Lors du voyage littéraire,
il faut voir les capitales
extraordinaires.

Un sentiment d'excitation vous fait frissonner. Vous êtes certain qu'il s'agit là de la clé d'un nouveau message codé. Vous le décortiquez en espérant comprendre sa signification.

DÉCODEZ LE MESSAGE ET IDENTIFIEZ LE LIEU QUI Y EST CITÉ.

NE TOURNEZ PAS LA PAGE !

Pour pouvoir lire la suite de ce chapitre,
vous devez d'abord résoudre cette énigme !

Vous allez devoir partir pour le lac Victoria, au cœur de l'Afrique équatoriale, sur les traces du docteur Samuel Fergusson et de son périple aérien. Vous voilà à l'aube d'une incroyable découverte. Votre destin est en marche !

Après avoir soigneusement rangé la lettre dans votre poche, vous cherchez un fiacre afin de rallier Nice dans les meilleurs délais. Il vous faut y rencontrer un ami bien placé au ministère des Affaires étrangères qui passe ses vacances dans la ville, et chercher une embarcation qui pourra vous mener de l'autre côté de la Méditerranée.

Ensuite, ce sera pour vous *terra incognita* et il faudra improviser. Ce voyage prendra du temps, mais les mots de Jules Verne résonnent encore dans votre esprit et finissent de vous convaincre que cette décision est la bonne :

« Le temps ne compte pas, inspecteur. Prenez celui qu'il vous faudra, soyez vigilant, et ne vous laissez arrêter par aucune frontière. »

VOYAGE AU CŒUR DE L'AFRIQUE

Rives du lac Victoria, 5 avril 1886.

Cela fait à présent près de trois semaines que vous voyagez. Grâce à votre contact ministériel de Nice, les formalités administratives ont été grandement facilitées. Vous avez les poches remplies de documents vous donnant le droit de vous rendre quasiment partout sur la planète. Vous appréciez ce privilège à sa juste valeur, d'autant que, dans les régions où vous vous rendez, vous n'êtes pas à l'abri de mauvaises surprises.

Pour l'instant, tout se passe pour le mieux, mais le voyage a pourtant débuté tristement. Le 17 mars, le jour de votre départ, vous avez appris le décès de Pierre-Jules Hetzel. Le fait de lui avoir parlé quelques jours avant sa disparition vous a ébranlé. Jules Verne, pas encore remis de sa blessure, doit maintenant affronter le deuil de son éditeur et ami proche.

Vous avez appareillé de Nice à bord d'un bateau à vapeur de plaisance, traversé la mer Méditerranée pour rallier Port-Saïd, puis embarqué sur un navire de la Royal Navy qui faisait justement route vers votre destination.

Le Petit Journal

SUPPLÉMENT ILLUSTRÉ

Huit pages : CINQ centimes

Cinquième année

DIMANCHE 16 DECEMBRE 1894

FERDINAND DE LESSEPS

Depuis 1882, les Britanniques ont pris le contrôle du canal de Suez. Ce passage entre la mer Méditerranée et la mer Rouge est une véritable révolution pour les échanges commerciaux entre l'Europe et l'Asie. Désormais, il n'y a plus besoin de contourner l'immense continent africain pour rallier l'Inde et les autres régions orientales. Après dix ans de travaux titanesques commandités par Ferdinand de Lesseps, le canal a été achevé en 1869. Depuis, malgré d'intenses tensions survenues dans la région, le trafic maritime ne cesse de s'accroître.

Ce passage à travers les terres des pharaons vous a fait gagner beaucoup de temps. Le détroit de Bab el-Mandeb et le golfe d'Aden vous ont ouvert la voie de l'océan Indien. Vous avez ensuite navigué plein sud, franchi l'équateur et accosté au port de Zanzibar, sultanat indépendant qui profite du commerce des esclaves. Les Européens sont de plus en plus présents sur ces terres et ont une grande influence sur toute la région, effritant peu à peu l'ordre établi au profit d'une gouvernance coloniale.

Cet endroit n'est autre que le lieu de départ du docteur Samuel Fergusson et de ses compagnons dans le roman *Cinq Semaines en ballon*. Jules Verne les a en effet fait partir de l'île voisine de Koumbeni à bord de leur aérostat révolutionnaire.

C'est sur le dos d'un cheval que vous avez passé ces derniers jours, accompagné de soldats britanniques aimablement détachés sur mandat gouvernemental grâce à votre ami haut placé. Votre convoi a traversé des paysages magnifiques où la nature est encore préservée. Antilopes, impalas, lions, éléphants, rhinocéros, guépards, léopards, hyènes, chacals et girafes ne sont qu'un échantillon des innombrables animaux exotiques que vous avez eu la chance de croiser. Vous avez même eu l'occasion d'admirer le Kilimandjaro, point culminant de l'Afrique, et ses neiges éternelles.

L'immense lac Victoria s'étend enfin devant vous, tel un miroir magique. Les soldats qui vous accompagnent sont aux aguets car l'Allemagne et la Grande-Bretagne se disputent ce territoire, chacun voulant contrôler cette région prometteuse aux allures de berceau de l'humanité.

Lorsque vous franchissez à nouveau l'équateur et atteignez enfin le nord de cet immense lac dont la surface est comparable à celle du territoire irlandais, vous vous rendez vers une lagune dont l'existence vous a été dévoilée par un explorateur rencontré à Zanzibar. Ce dernier vous a décrit ce lieu comme un endroit dangereux où plusieurs personnes ont mystérieusement disparu il y a quelques années. Vous êtes convaincu que ces disparitions sont trop étranges pour être le fruit du hasard. Votre sixième sens vous dit que le mystérieux « Malin » est derrière tout cela.

Arrivé au bord de la lagune, vous passez une journée entière à l'explorer avec une embarcation rustique achetée à des autochtones. Cette minutieuse inspection lacustre parmi les hippopotames et les crocodiles finit par porter ses fruits. Vous découvrez en effet une île où un ponton a été aménagé. Après avoir accosté, vous cheminez parmi les roseaux sur un sentier tracé par l'homme. Tout ceci conforte votre conviction. Le Malin serait-il dans les parages ?

Vous atteignez enfin le bord d'un gouffre naturel d'une dizaine de mètres de profondeur. Masqué par la végétation, ce lieu est totalement invisible depuis les rives du lac. Au fond se trouve un grand bâtiment, qui tient plus d'un hangar industriel que d'une construction locale.

Excité par cette découverte, vous descendez prestement au fond du gouffre, en suivant un escalier lui aussi taillé par la main de l'homme. L'édifice semble abandonné. Vous y pénétrez accompagné par les soldats qui vous protègent. À l'intérieur, vous découvrez un impressionnant stock de caisses, de toiles, de bois, de métal, de cordes et de bouteilles de gaz.

Au milieu de la salle, vous apercevez une nacelle en osier, à laquelle une immense toile étendue sur le sol est attachée. Vous vous en approchez et reconnaissez immédiatement l'aérostat du roman *Cinq Semaines en ballon*. Seule différence : sa nacelle est munie d'une mitrailleuse Gatling, arme américaine dont le mécanisme à canons rotatifs est capable de tirer près de 300 coups à la minute. Cet équipement fait du ballon un engin de guerre dévastateur, qui n'a rien à voir avec l'inoffensif aérostat de Fergusson.

Vous prenez alors pleinement conscience de la dangerosité du concepteur de cet effrayant ballon.

Il est évident que cette machine volante a été élaborée à des fins belliqueuses. C'est exactement ce qu'expliquait Jules Verne dans sa lettre.

Compte tenu de votre passé, vous devriez mépriser cette invention guerrière ; pourtant, vous êtes fasciné par sa technologie qui, comme dans le roman de Jules Verne, combine les principes du ballon à hydrogène plus léger que l'air et de la montgolfière fonctionnant à l'air chaud. Le contrôle de l'altitude et la grande autonomie de l'aérostat ont l'air d'être assurés par un chauffage du gaz transitant dans des tuyaux, grâce à un chalumeau alimenté par une pile Bunsen. Un soldat vous montre de petites sphères métalliques rouillées, ressemblant fortement à des bombes. Vous comprenez alors que cet aérostat est destiné, une fois dans les airs, à détruire tout ce qui se trouve au sol. C'est terrifiant.

Vous cherchez des indices qui pourraient vous conduire au propriétaire de ce terrible aérostat. En examinant les bombes, vous constatez qu'elles portent une inscription commune qui pourrait bien vous fournir une piste intéressante. Malheureusement, la rouille vous empêche de la lire.

TROUVEZ CE QUI EST INSCRIT SUR LES BOMBES ET IDENTIFIEZ UN LIEU.

NE TOURNEZ PAS LA PAGE !

Pour pouvoir lire la suite de ce chapitre,
vous devez d'abord résoudre cette énigme !

Ces bombes hors du commun sont enveloppées d'une coquille en acier venant de Liverpool. Après avoir fait le tour du hangar, vous comprenez que c'est la seule piste dont vous disposez. Elle est maigre, mais suffisante pour un inspecteur chevronné. Sur votre ordre, les soldats préparent la destruction des lieux. Peu après, une énorme explosion retentit au fond du gouffre. Vous ressentez une grande satisfaction d'avoir réduit à néant cette terrible machine.

À présent, il faut vous rendre en Angleterre. Ce n'est pas la porte à côté, mais vous êtes bien déterminé à poursuivre votre enquête.

LA PORTE DU NOUVEAU MONDE

Port de Liverpool, 4 mai 1886.

Cela fait moins de vingt-quatre heures que vous avez accosté au port de Liverpool. Des images exotiques plein la tête, vous avez enfin pu profiter d'une nuit reposante dans un lit confortable : du luxe après ce long voyage de retour depuis le lac Victoria.

Cela fait presque un mois que vous avez découvert l'aérostat armé. Vous avez eu tout le loisir de réfléchir à cette affaire, qui vous amène à parcourir le globe en suivant les traces d'un mystérieux personnage. Ce « Malin » est pour vous un véritable mystère : son visage, son identité et le lieu où il se trouve restent totalement inconnus. Au prix de multiples conjectures et déductions, la seule conclusion à laquelle vous êtes parvenu est qu'il s'agit vraisemblablement d'une personne richissime, ayant des activités internationales. Cela réduit considérablement le champ de vos recherches, mais c'est insuffisant pour identifier un individu, quel qu'il soit.

Vous avez pris le temps de découvrir Liverpool. Ses rues, très animées, témoignent d'une activité prospère. C'est la ville la plus importante après Londres. Située sur la côte ouest de l'Angleterre, Liverpool fait face à l'Irlande et constitue un point de départ idéal pour le continent américain.

Son économie florissante est cependant le résultat d'une activité immorale : le commerce des esclaves. Le développement de cette ville repose en effet sur le commerce triangulaire entre l'Europe, l'Afrique et l'Amérique. Bien qu'en Grande-Bretagne, l'esclavage ait été aboli en 1833, et en 1848 en France, des bateaux remplis d'esclaves continuent à traverser illégalement l'océan Atlantique pour satisfaire des pays tels que le Brésil et Cuba. Toutefois, vous savez de source sûre que des discussions sont en cours et qu'elles devraient prochainement aboutir à la signature d'une convention permettant aux navires militaires d'arraisonner les bateaux de ces trafiquants d'humains.

Liverpool, c'est aussi la ville d'où partent les personnages du *Forward*, un brick conçu pour les mers polaires, dans le roman de Jules Verne *Les Aventures du capitaine Hatteras*.

Vous marchez maintenant sur les docks où d'innombrables travailleurs chargent et déchargent des cargaisons. Beaucoup de navires y fonctionnent à la vapeur. Cette technologie a révolutionné les échanges commerciaux. À l'époque de la navigation à voile, il fallait près d'un mois pour traverser l'océan Atlantique. Aujourd'hui, grâce au charbon, il faut à peine dix jours. C'est un progrès colossal ; c'est d'ailleurs grâce à lui que vous avez pu aller et revenir d'Afrique équatoriale en un temps record.

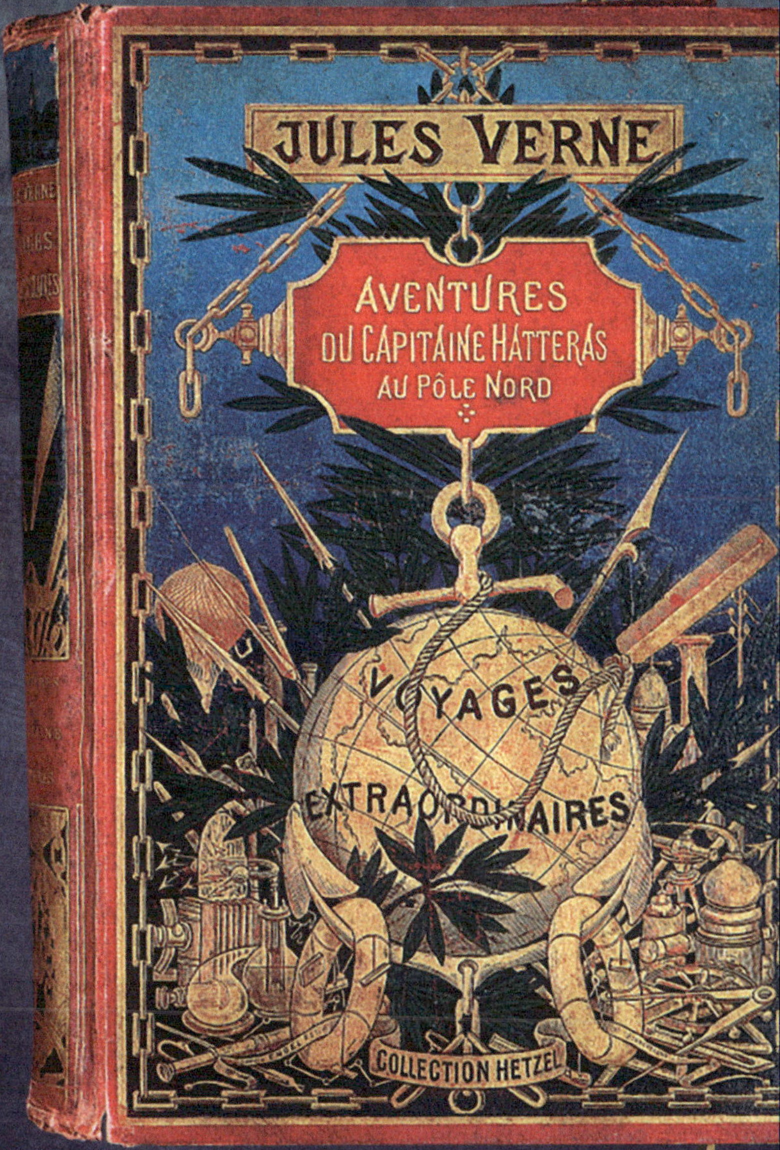

Au détour d'un hangar, vous repérez un bâtiment industriel portant l'enseigne « Smith Steels », celui que vous cherchiez justement.

Vous vous présentez à l'accueil, où vous êtes reçu par une charmante dame à l'accent écossais. Elle vous conduit dans le bureau du directeur, un certain Graham Smith, un homme dont la corpulence et l'élégance contrastent avec la maigreur et la simplicité des gens qui travaillent dans l'atelier sidérurgique. En vous asseyant dans le confortable fauteuil qu'il vous propose, vous constatez que ce bureau cossu n'est pas à l'abri du vacarme des machines. Après vous être présenté, vous questionnez M. Smith au sujet des bombes que vous avez découvertes au lac Victoria. Il vous répond avec assurance :

– Je n'ai jamais fabriqué de bombes. Je ne vends pas d'armes mais de l'acier, moi.

Vous insistez en lui décrivant de manière détaillée l'aspect de ces armes ; vous n'omettez pas de signaler que le nom de son entreprise figurait dessus. Il finit par reconnaître qu'il a fabriqué des « shells », c'est-à-dire des coquilles, qui correspondent bien à votre description. Selon lui, c'était il y a dix ans. Son entreprise venait d'être créée et ce fut l'une de ses premières commandes. Devant vos questions toujours plus nombreuses et précises, il commence à s'énerver. Le ton monte et il refuse de vous donner l'identité de son client, prétextant le secret professionnel et le caractère illégitime de vos questions.

– Come in ! crie-t-il d'un air fâché lorsque sa secrétaire frappe à la porte.

Elle lui demande de la suivre à l'atelier à propos d'un accident qui vient d'avoir lieu sur une presse mécanique. Il semble qu'un malheureux se soit fait écraser la main par une machine. M. Smith quitte précipitamment le bureau en vous demandant de ne pas bouger jusqu'à son retour.

Vous vous retrouvez seul ; vos réflexes de policier vous poussent à inspecter les lieux d'un regard attentif. Vous trouvez des livres de comptes et voyez là une opportunité pour découvrir le nom du mystérieux client qui a acheté ces enveloppes de bombes. Vous ne disposez que de très peu de temps pour les examiner. Si jamais le patron revient et vous prend la main dans le sac, vous risquez de gros ennuis judiciaires.

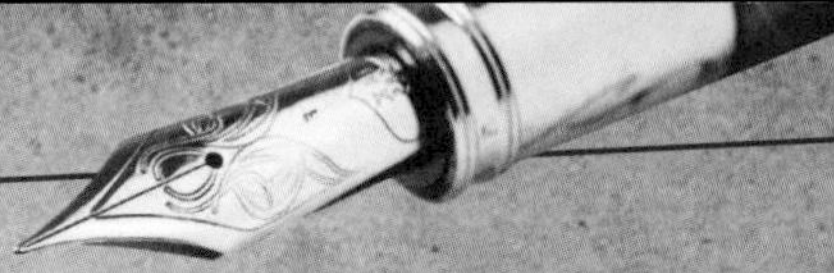

Year 1876

Month	Day	Product	Qty	Customer	Reference
	25	Bolds	500	Ron Hillside	BO-RH-[illegible]
	27	Sheet[illegible]	[illegible]00	Joe [illegible]ddy	SH-JW-0[illegible]
	27	[illegible]ds	500	Pete[illegible]lerson	[illegible]03
	[illegible]	[illegible]	25[illegible]	J[illegible]y	SH[illegible]
April	[illegible]	[illegible]olds	10[illegible]	The[illegible]eyrig	BO[illegible]
	[illegible]	[illegible]rews	500	Johnathan Fooddy	SC-JF-006
	6	[illegible]	25	Andy[illegible]	[illegible]
	10	Stu[illegible]	200[illegible]	Gus[illegible]iffel	ST[illegible]08
	1[illegible]	[illegible]ds	10[illegible]	Gus[illegible]ve Eiff[illegible]	[illegible]
	[illegible]	Rivets	500[illegible]	[illegible]stave Eif[illegible]	[illegible]-GE-01[illegible]

Sur le bureau de Smith, vous trouvez un cahier recensant les commandes enregistrées par sa société. Vous l'ouvrez et constatez que la première page date de l'année 1876. Le seul problème, c'est que le papier est taché et que certaines inscriptions sont illisibles.

Vous trouvez sur une étagère un épais classeur contenant des ordres d'expédition et des adresses de livraison. Vous le consultez et retrouvez, dès la première page, les noms de clients présents dans le carnet de commandes. Ce document est partiellement déchiré et taché, mais il doit forcément contenir l'adresse de celui qui a acheté les coquilles. Il ne vous reste plus qu'à l'identifier.

Peter Anders[illegible] Oxfor[illegible] [illegible]reet London, [illegible]gland	[illegible]A-[illegible]	Aaron White Ocean Street Boston (MA), United States	[illegible]AW-017	Joe Weddy Greenside Street Cardiff, Ireland	SH-JW[illegible] S[illegible]JV[illegible]18
Andy Pettersen Red Street Manchester, England	RO-AP-007 BO-[illegible]19 [illegible]-020	Johnathan Fooddy Summer Street Cardiff, Wales	SG-[illegible]6	Matthew Stirling Castle Boulevard Edinburgh, Scotla[illegible]	B[illegible]S-021
John Fargo Wales Coast Street Portland (ME), United States	SH-JF-02[illegible]	[illegible]n Hillside Seagulls Street Bath, England	BO-[illegible]-001 S[illegible]23	John Fals[illegible] Flamingo[illegible] Street Tampa (FL), United States	[illegible]H-JF-004
Theophile Se[illegible] Ki[illegible]et [illegible] E[illegible]	BO-T[illegible]	Gustave Eiffel Rue Rabelais Paris, France	ST-GE-008 RO-[illegible] [illegible]E-010	James Moriarty Unknown address Will get the products himself	[illegible]C-JM-011 B[illegible]M-012 S[illegible] R[illegible]14 RI-[illegible] BA-[illegible]6

TROUVEZ LE NOM DE L'ACHETEUR DES COQUILLES D'ACIER ET IDENTIFIEZ LA VILLE DE LIVRAISON.

NE TOURNEZ PAS LA PAGE !

Pour pouvoir lire la suite de ce chapitre, vous devez d'abord résoudre cette énigme !

Vous avez enfin un nom ! Vous notez l'adresse du suspect, remettez les documents à leur place et vous rasseyez dans le fauteuil. Bien vous en prend, car M. Smith entre dans le bureau quelques instants plus tard. À en croire son attitude préoccupée, vous êtes en ce moment le cadet de ses soucis. Vous lui expliquez poliment que vous n'avez plus besoin de ses services. C'est à peine s'il vous entend, tant il est perdu dans ses pensées. En repartant, vous apercevez une ambulance dont les chevaux s'en vont au galop. Des voix s'élèvent dans l'atelier. Les quelques mots que vous discernez évoquent des conditions de travail précaires et des appels à la grève : il semble que les ouvriers aient des reproches à faire à leur patron. Vous n'êtes pas mécontent de quitter cet endroit.

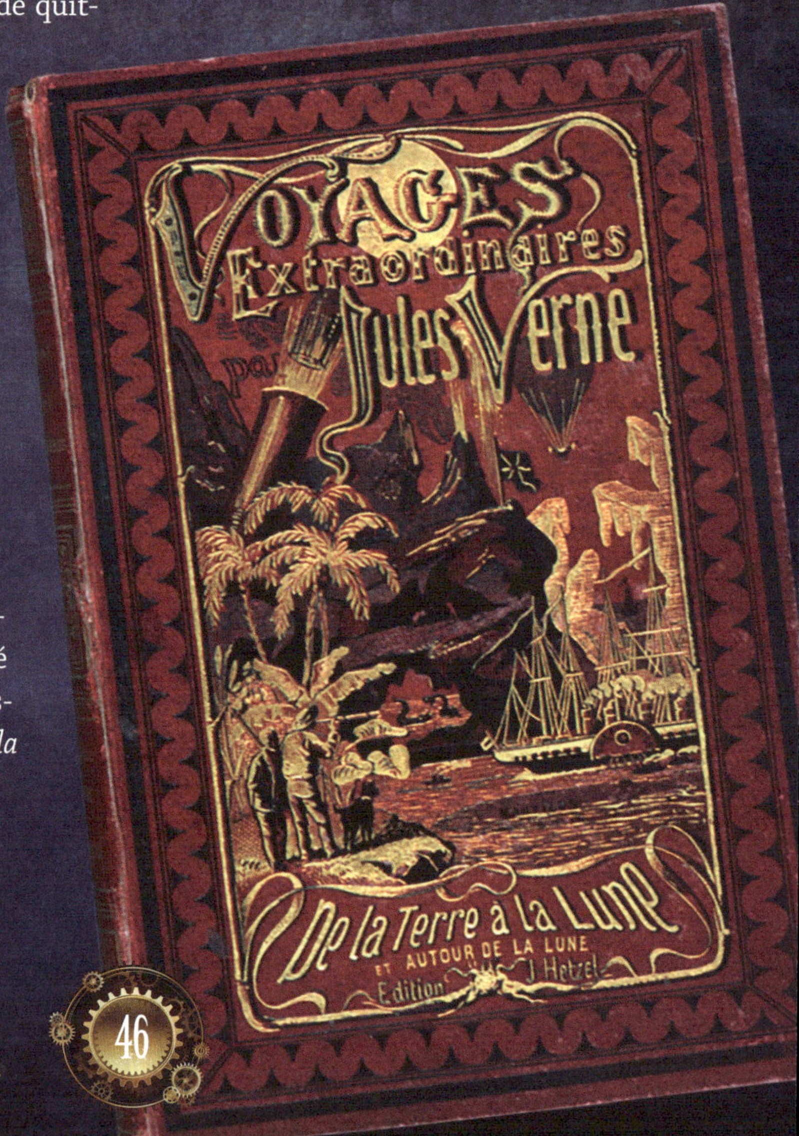

Une fois éloigné des tumultes de l'usine, vous prenez un fiacre pour rentrer à votre chambre d'hôtel. Assis sur le lit, vous réfléchissez : le nom de « John Falsy » est étrange et vous suspectez une fausse identité. Toutefois, c'est le seul que vous avez. Son adresse, en Floride, vous semble quant à elle beaucoup plus crédible car elle correspond à l'endroit d'où a été tiré l'obus qui a projeté dans l'espace les héros du roman *De la Terre à la Lune*.

DE L'ARTILLERIE TRÈS LOURDE

Tampa, 19 mai 1886.

Il vous a fallu deux semaines pour rallier Tampa. Vous avez fait le trajet en deux temps. Vous êtes d'abord parti de Liverpool à bord du *Celtic*, un paquebot de la compagnie maritime White Star Line. Ce bateau, en plus de ses deux énormes moteurs, dispose de quatre mâts d'où peuvent être hissées des voiles additionnelles. Commandé par le capitaine Edward Smith, ce navire n'est certes pas aussi grand que celui imaginé par Jules Verne dans son roman *Une ville flottante*, mais ses dimensions restent tout de même très impressionnantes. Avec une vitesse de quatorze nœuds, ce géant de luxe assure une ligne régulière entre Liverpool et New York.

Comme ce navire était sur le point d'appareiller lorsque vous avez pris la décision de partir vers le Nouveau Monde. Vous vous êtes dit que votre bonne étoile continuait de veiller sur vous. D'autant que les vents et les courants ont été plutôt favorables. Malgré une mer parfois agitée, vous n'avez mis que neuf jours pour atteindre l'embouchure de l'Hudson River où se trouve New York.

Ce n'est pas sans émotion que vous avez vu l'immense piédestal sur lequel va prochainement se dresser une statue de la Liberté. Cette sculpture de cuivre, créée par Eugène Viollet-le-Duc, Frédéric Auguste Bartholdi et Gustave Eiffel, est un cadeau fait par la France aux États-Unis en signe d'amitié. Elle est récemment arrivée par bateau et, en apercevant les plis du bas de sa robe derrière les échafaudages, vous en concluez que son élévation vient de commencer. Vous avez déjà eu la chance de contempler son buste lorsqu'il était exposé sur le Champ-de-Mars, dans le cadre de l'Exposition universelle de 1878. Vous avez hâte que cette émouvante dame verte domine la baie en levant haut son flambeau.

Après une courte escale à Manhattan, vous avez repris un navire militaire qui vous a amené à Jacksonville en trois jours. Le reste du trajet jusqu'à Tampa, sur l'autre côte de la Floride, a été fait par la route.

À peine arrivé à Tampa, vous cherchez la rue Flamingos où sont censées avoir été livrées les coquilles d'acier de Smith Steels. Vous trouvez facilement la rue en question, mais aucun John Falsy ne semble y vivre. Déçu et désœuvré, vous passez une partie de la matinée à errer dans le port en pleine effervescence, du fait de la récente découverte d'importants gisements de phosphate.

Une hypothèse émerge finalement dans votre esprit. Pour la vérifier, vous prenez la direction de Stones Hill, un plateau aride situé non loin de Tampa où les personnages du roman *De la Terre à la Lune* ont construit et implanté un gigantesque canon qui leur a permis de rejoindre la Lune. Votre idée osée, désespérée même, est pourtant couronnée de succès. Vous espériez trouver à Tampa un simple indice, et c'est une nouvelle preuve que vous découvrez au sommet du plateau rocailleux.

Vous mettez pied à terre devant l'entrée d'un grand bâtiment industriel, qui ressemble à une fonderie. Vous ne décelez aucune présence ; le lieu semble abandonné. Vous y pénétrez en souhaitant y trouver des réponses à vos questions et en espérant confirmer votre théorie de parallélisme entre les activités du mystérieux Malin et les romans de Jules Verne. Il ne faut pas longtemps pour que vous obteniez satisfaction.

Au milieu du bâtiment, vous découvrez en effet un gigantesque canon – la copie conforme de celui qui a propulsé dans l'espace les héros de Jules Verne Barbicane, Ardan et Nicholl. À vue d'œil, le fût doit faire près de 100 mètres de long, pour un diamètre allant de 6 mètres à son extrémité à 14 mètres à sa base. C'est un monstre de fonte qui doit peser plusieurs dizaines de milliers de tonnes. La similitude avec le canon du roman est poussée à un point tel que la mention « Columbiad » a été coulée en relief sur son impressionnant mécanisme de réglage.

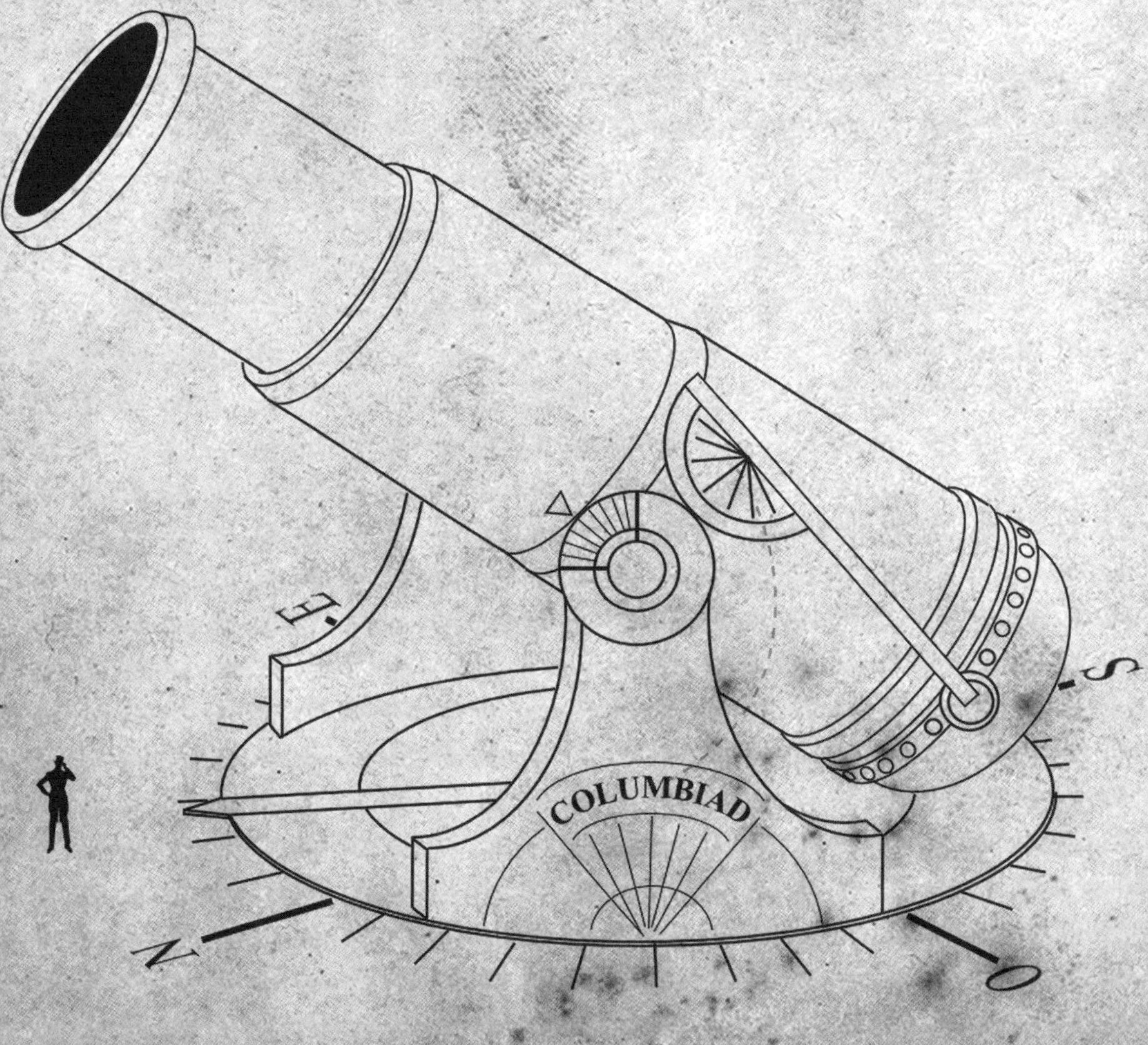

Historiquement, les canons Columbiad sont un héritage de la guerre de Sécession. Vous connaissez bien cette période, car Jules Verne s'en est inspiré dans *Les Forceurs de blocus*. Ce conflit qui s'est déroulé entre 1861 et 1865 a opposé les États-Unis d'Amérique (« l'Union »), dirigés par Abraham Lincoln, et les États confédérés d'Amérique (« la Confédération »), dirigés par Jefferson Davis. Les confédérés rassemblaient les onze états du Sud qui souhaitaient se séparer des États-Unis. Ce fut un affrontement très violent, qui impliqua 3 millions de soldats, fit plus de 600 000 morts et presque autant de blessés et de mutilés. L'Union reposait sur le capitalisme industriel, tandis que la Confédération reposait sur une société plus agraire. L'abolition de l'esclavage, voulue par le Nord et refusée par le Sud, qui utilisait cette main-d'œuvre venue d'Afrique pour la culture du coton et du tabac, fut également l'une des principales raisons à l'origine de cette guerre civile. Le président Lincoln voulait à tout prix empêcher la sécession du Sud pour pouvoir imposer le modèle de l'Union à tout le pays.

Vous faites le tour du canon en vous demandant si le Malin a vraiment projeté de se rendre sur la Lune. Lorsque vous distinguez un obus posé non loin, sous un palan, vous comprenez que ce n'est pas le cas. Cette munition n'a aucune porte et n'est donc pas conçue pour embarquer des gens. Elle fait environ 3 mètres de diamètre et près de 5 mètres de haut. Vous n'osez même pas imaginer ce qu'une telle ogive pourrait provoquer comme dégâts en s'abattant sur sa cible.

À côté de l'obus, une table poussiéreuse est couverte de documents techniques et scientifiques. Certains correspondent à des calculs balistiques, d'autres à des conversions d'unités. Vous voyez également des diagrammes qui semblent décrire les caractéristiques du canon Columbiad. Il y a là de quoi faire perdre la tête à ceux qui sont fâchés avec les mathématiques…

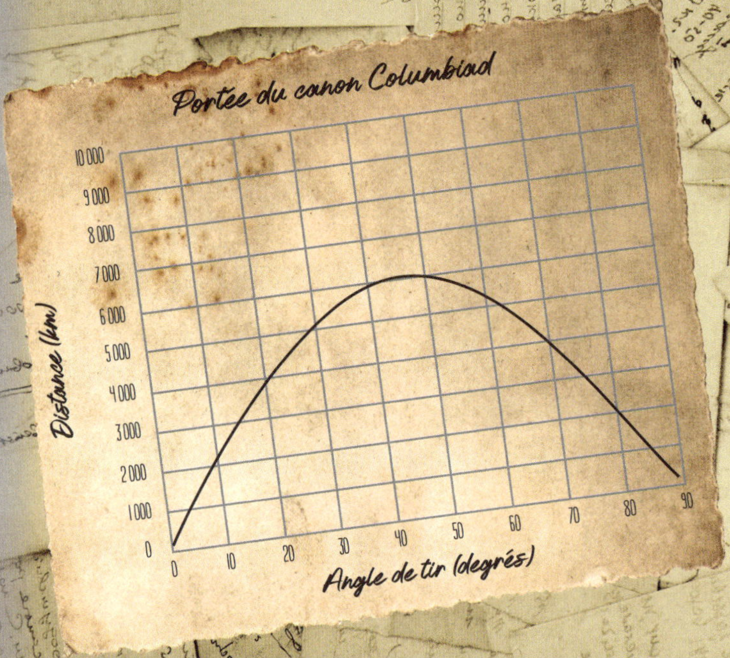

Table de conversion

km	M
1	0,540
2	1,080
3	1,620
4	2,160
5	2,700
6	3,240
7	3,780
8	4,320
9	4,860

Dans un tiroir, vous trouvez une étrange liste. Elle recense des villes et des pays associés à des distances et à des caps. En réfléchissant, vous comprenez qu'il doit s'agir de cibles potentielles pour le canon. Sa taille gigantesque lui confère sans aucun doute la capacité de tirer des obus par-delà les frontières et les mers.

Vous apercevez soudain une phrase inscrite au verso de la feuille : « *Avec le Columbiad, mon bras sera immensément long. Il projettera l'obus dans la bouche du géant de feu et fera couler le sang de la Terre.* »

La signification de ces mots est un mystère, mais ceux-ci vous donnent néanmoins une information importante : le Malin est francophone, ce qui réduit le champ de vos recherches.

Vous vous dites soudain que si un de ces obus avait été tiré, cela ne serait certainement pas passé inaperçu. Le bruit aurait été assourdissant et de nombreux témoignages auraient été recueillis. Il est donc vraisemblable que ce canon, aussi colossal soit-il, n'ait jamais servi.

Vous essayez alors de deviner quel pays le Malin veut anéantir.

Pays et villes	Distance (M)	Cap
Allemagne	4 226	41
Boston	1 027	27
Brésil	3 392	132
Canada	1 346	17
Cuba	870	123
Espagne	3 857	56
France	3 973	47
Groenland	2 825	19
Irlande	3 521	41
Islande	3 167	27
Mexique	1 018	243
New York	870	27
Norvège	4 067	27
Portugal	3 590	56
Royaume-Uni	3 790	41
Sénégambie	3 765	85

IDENTIFIEZ LA CIBLE VISÉE PAR LE CANON COLUMBIAD.

NE TOURNEZ PAS LA PAGE !

Pour pouvoir lire la suite de ce chapitre, vous devez d'abord résoudre cette énigme !

Ce canon pointe donc droit sur l'Islande. C'est à des milliers de kilomètres de la Floride, et vous avez du mal à croire que tirer aussi loin soit possible. Est-ce pour cette raison que ce canon n'a jamais servi ?

Tout à coup, ce nom d'Islande vous fait penser au *Voyage au centre de la Terre*, où la porte des entrailles de la Terre est située au niveau du volcan islandais Sneffels. Cette idée donne subitement tout son sens à la phrase qui se trouvait au dos de la liste des cibles. Le géant de feu ne peut être que ce volcan ! Le Malin voulait donc tirer un obus dans ce cratère pour accéder à l'extraordinaire univers souterrain décrit dans le livre de Jules Verne ? Quant au sang de la Terre, ne s'agit-il pas d'une métaphore pour évoquer la lave en fusion ? Vous vous gardez bien de rire devant une telle folie. À l'image de cette arme potentiellement très meurtrière, celui que vous pourchassez à travers le monde n'a rien d'un enfant de chœur !

Rassuré par le fait qu'aucun stock de matières explosives n'est présent sur les lieux, vous décidez de partir sans plus attendre pour votre nouvelle destination.

LE SANG DE LA TERRE

Côte ouest de l'Islande, 21 juin 1886.

Il vous aura fallu plus d'un mois pour atteindre l'Islande. Cette île, bordant le cercle polaire arctique, ne fait pas partie des routes maritimes les mieux desservies. Plusieurs navires et escales ont été nécessaires pour parvenir à rallier votre destination. Fort heureusement, l'été qui débute dans l'hémisphère nord tombe à point. Vous avez passé Terre-Neuve et le Labrador sans qu'aucun iceberg sournois ne croise votre route. Vous avez même pu admirer des baleines et des orques qui, engagées dans leur migration vers leurs zones de chasse estivales, ont égayé votre voyage.

C'est à bord d'un petit bateau de pêche parti de Reykjavik que vous avez pu rejoindre le Sneffels. Vous contemplez le volcan avec fascination. Il culmine à plus de 1 400 mètres et domine l'océan tel un géant impassible. Ses neiges éternelles reflètent la douce lumière du soleil qui, en ce jour marquant le solstice d'été, vous fait l'honneur de ne pas se coucher. Émerveillé par ce spectacle grandiose, vous débarquez au pied du volcan.

L'ascension s'annonce longue et difficile. À cause de votre handicap, vous risquez de peiner pour atteindre le sommet. Vous n'êtes cependant pas du genre à vous laisser décourager par les obstacles. Ayant fait le plein de provisions et de matériel d'escalade, vous donnez rendez-vous pour le lendemain au pêcheur qui vous a fait traverser la baie Faxa. Vous commencez à marcher d'un pas décidé.

Tandis que vous cheminez péniblement en escaladant les pentes du volcan, vous pensez au professeur Lidenbrock et à ses compagnons, les personnages du *Voyage au centre de la Terre*. C'est ici que Jules Verne leur a fait commencer leur incroyable périple souterrain. Vous avez l'impression d'être à leur place, prêt à faire des découvertes étonnantes. Vous savez pertinemment que la plupart des choses décrites dans ce roman ne sont issues que de l'imagination débordante de leur auteur, mais vous trouvez plaisant et motivant de faire semblant de croire en leur existence.

Il est presque minuit lorsque vous atteignez le sommet du volcan. Le soleil caresse l'océan et fait apparaître à sa surface une myriade d'étincelles magiques. Le cratère est là, sous vos pieds recouverts de neige. Handicapé comme vous l'êtes, vous prenez beaucoup de précautions et n'hésitez pas à vous aider de vos outils d'escalade pour assurer votre descente dans la bouche du géant. Une fois en bas, vous cherchez le signe d'une présence humaine.

À force d'obstination, vous finissez par découvrir une cavité naturelle dans laquelle vous pénétrez. Elle s'ouvre sur une galerie aux allures d'oubliettes. Vous décidez d'y plonger en utilisant une corde que vous attachez solidement à un énorme bloc de lave séchée. Au fond du volcan, plongé dans l'obscurité, vous allumez votre lampe à pétrole et poursuivez votre exploration dans un boyau qui descend en pente douce. Plusieurs fois, vous hésitez à rebrousser chemin ; vous poursuivez néanmoins votre descente, poussé par une irrésistible curiosité. Sans vous en rendre compte, vous nourrissez peut-être le secret espoir de trouver plus bas une mer souterraine nimbée de lueurs électriques, bordée de champignons fossilisés et peuplée d'animaux préhistoriques.

Tout à coup, vous découvrez un autre puits apparemment naturel, mais qui s'avère être couronné d'une structure métallique. Vous n'en croyez pas vos yeux : c'est un ascenseur ! Il semble fonctionner avec un astucieux système de contrepoids reliés à un moteur fonctionnant à l'électricité. Vous apercevez même une énorme batterie nichée dans une trouée naturelle. Quelqu'un vous a donc précédé dans ce monde souterrain et l'a aménagé avec un équipement de haute technologie. Vos espoirs un peu fous sont comblés par cette surprenante trouvaille.

Vous entrez dans l'étroite cage d'ascenseur. Vous actionnez un levier et commencez à descendre dans un bruit assourdissant. Plongé dans l'obscurité, vous avez beaucoup de mal à estimer votre vitesse. Le trajet vous paraît interminable et, lorsque l'ascenseur s'arrête enfin, vous n'avez aucune idée de la profondeur où vous êtes. En sortant de la machinerie, vous découvrez une grande grotte à demi immergée. Vous plongez vos mains dans l'eau pour vous rafraîchir et constatez qu'elle est salée. Cette cavité naturelle communique donc avec l'océan. Ainsi, quelques brasses en apnée vous auraient peut-être épargné cette rude escalade et cette inquiétante descente. Il aurait toutefois fallu supporter la température de l'océan, qui, à cette latitude, dépasse rarement les 3 °C.

Vous explorez la grotte. Soudain, vous remarquez des objets qui, comme l'ascenseur, n'ont rien à faire au cœur d'un volcan.

Il y a des outils d'excavation, des lampes à pétrole et des caisses. Ces dernières sont remplies de minerais. Vous les examinez attentivement et, grâce aux connaissances acquises dans le cadre d'une récente affaire de trafic de gemmes, vous reconnaissez du potassium, du zinc, du manganèse et un peroxyde dont la nature vous échappe.

Le fait de trouver là de tels minerais est déroutant, mais vous comprenez rapidement qu'il s'agit d'excavations faites dans les parois internes du volcan. Vous venez de découvrir un gisement exploité. Serait-ce cela que le Malin a nommé le sang de la Terre ?

Vous vous souvenez alors d'une conversation avec Gustave Zédé, un ingénieur en génie maritime rencontré lors de l'Exposition universelle de 1878. Il vous avait raconté avoir vu à Barcelone un sous-marin baptisé *Ictineo II*, qui utilisait la vapeur pour naviguer en surface et un moteur exploitant des composés similaires à ceux de cette grotte pour se mouvoir en plongée. Outre la chaleur qu'elle dégageait pour animer le moteur, la réaction chimique déclenchée par cette combustion présentait l'intérêt de produire de l'oxygène, qui pouvait être utilisé pour l'équipage. Se pourrait-il, si incroyable que cela puisse paraître, que cette grotte serve de point de ravitaillement à un sous-marin de ce type ? Vous en êtes presque convaincu : ce serait parfaitement cohérent avec les agissements du Malin.

Ragaillardi par cette trouvaille, vous continuez de fureter parmi les caisses et découvrez un étrange document. C'est un codex composé de runes semblables à celles que le professeur Lidenbrock a trouvées sur le parchemin lui indiquant la voie du centre de la Terre.

Ictineo II

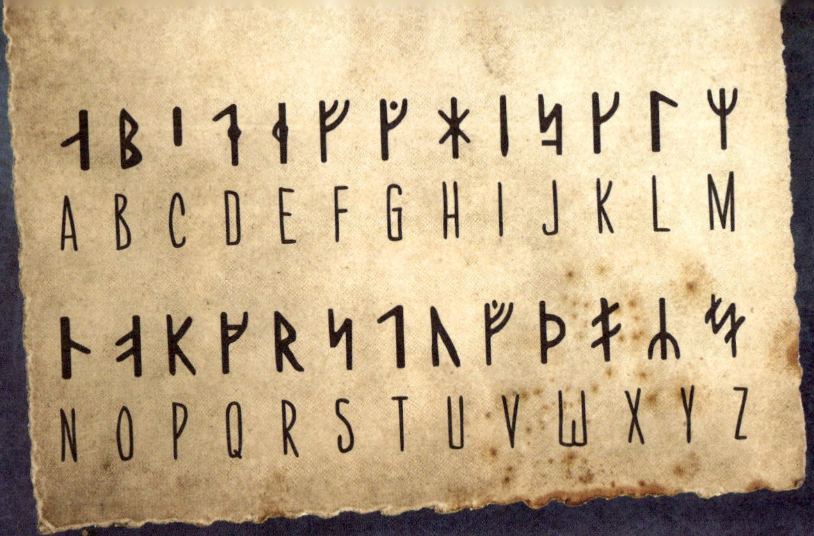

Vous vous surprenez encore une fois à rêver que vous êtes dans un roman de Jules Verne. Ces incessantes similitudes entre la fiction et la réalité commencent à vous faire sérieusement douter de votre lucidité. Lampe à bout de bras, vous scrutez les alentours, cherchant les signes d'un quelconque dégagement gazeux d'origine magmatique qui pourrait vous causer des hallucinations ; vous ne voyez rien de suspect. Tout à coup, vous découvrez un tube métallique fermé par un bouchon. Vous l'ouvrez et trouvez à l'intérieur un rouleau de papier. C'est une mappemonde qui ne comporte pas la moindre inscription, mais qui est parsemée de repères de différentes tailles. Cette étrange carte vous laisse perplexe, mais vous remarquez qu'un des repères pointe sur l'Islande.

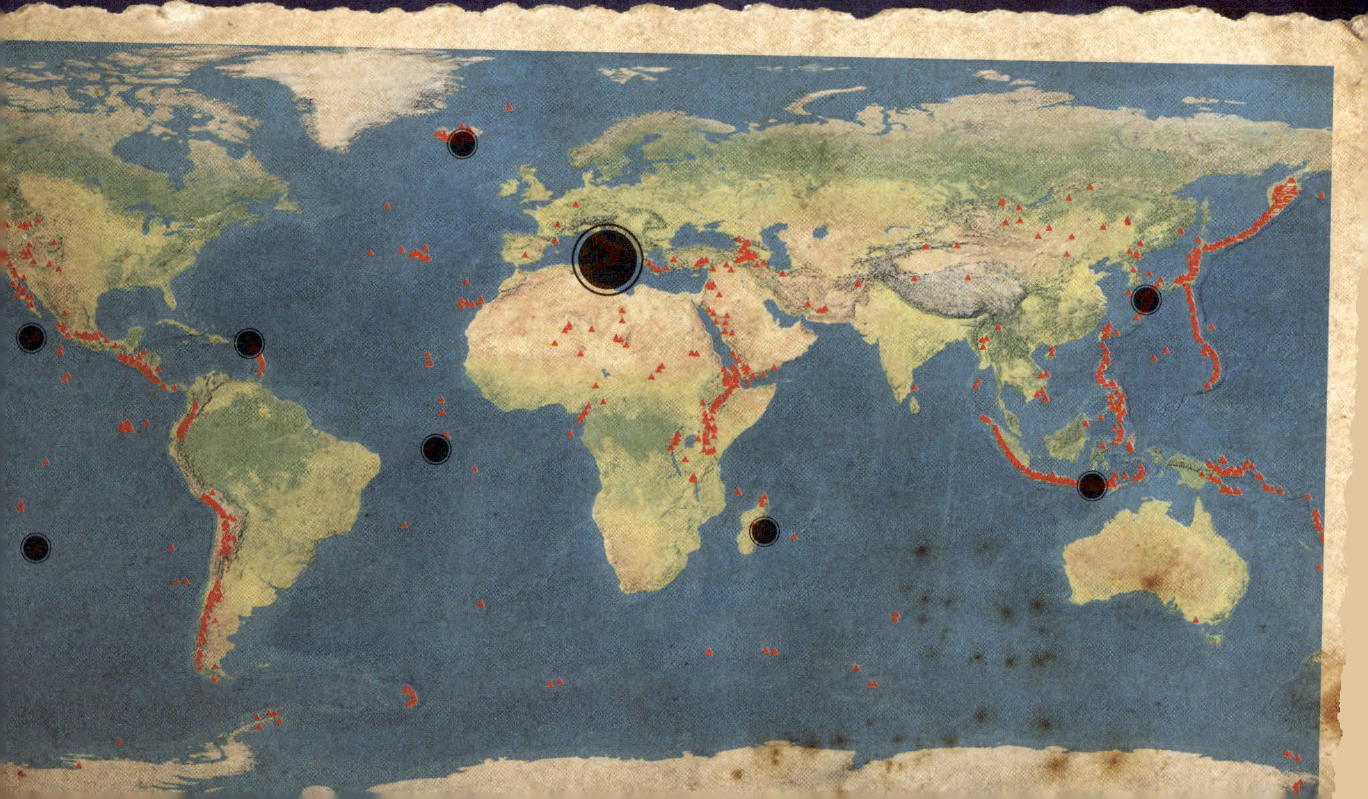

En regardant à l'intérieur du tube, vous remarquez qu'un autre morceau de papier y est resté coincé. Vous l'extirpez de son carcan et constatez qu'il est rempli de runes. Cette écriture antique et incompréhensible pour les non-initiés vous laisse pantois. Heureusement, le codex devrait pouvoir vous aider à l'interpréter.

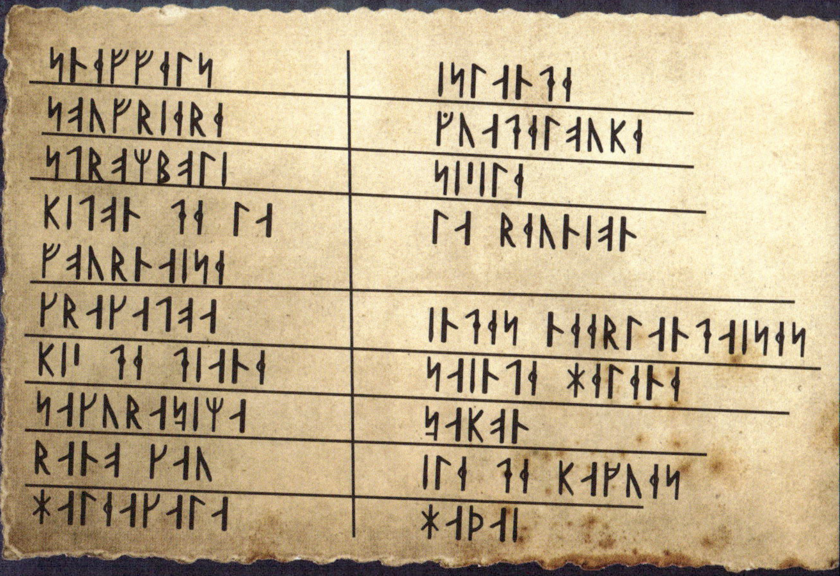

En considérant toutes les découvertes que vous venez de faire, vous en concluez que cette carte doit recenser des volcans comparables à celui où vous vous trouvez. Si ce sous-marin existe bel et bien, l'endroit où vous avez le plus de chances de le trouver correspond certainement au plus gros repère placé au milieu de la carte. Il ne vous reste donc qu'à identifier précisément cet endroit qui, symbolisé ainsi, fait quasiment la taille de la mer Méditerranée.

IDENTIFIEZ LE VOLCAN CORRESPONDANT AU REPÈRE PRINCIPAL.

NE TOURNEZ PAS LA PAGE !

Pour pouvoir lire la suite de ce chapitre, vous devez d'abord résoudre cette énigme !

Vous auriez dû vous en douter. Dans *Voyage au centre de la Terre*, le Stromboli est le volcan par lequel Lidenbrock et ses compagnons retrouvent l'air libre après leur fantastique périple dans les entrailles de la planète, à la faveur d'une éruption. Vous repensez au canon Columbiad, qui était censé tirer dans le cratère du Sneffels. L'idée première du Malin n'était peut-être pas tant de réveiller le volcan que de mettre à nu ses gisements minéraux afin de les exploiter comme carburant pour un engin marin. Il semble finalement qu'il ait opté pour une extraction manuelle beaucoup plus discrète. Qui pourrait en effet imaginer qu'un ascenseur et une base souterraine se trouvent ici ?

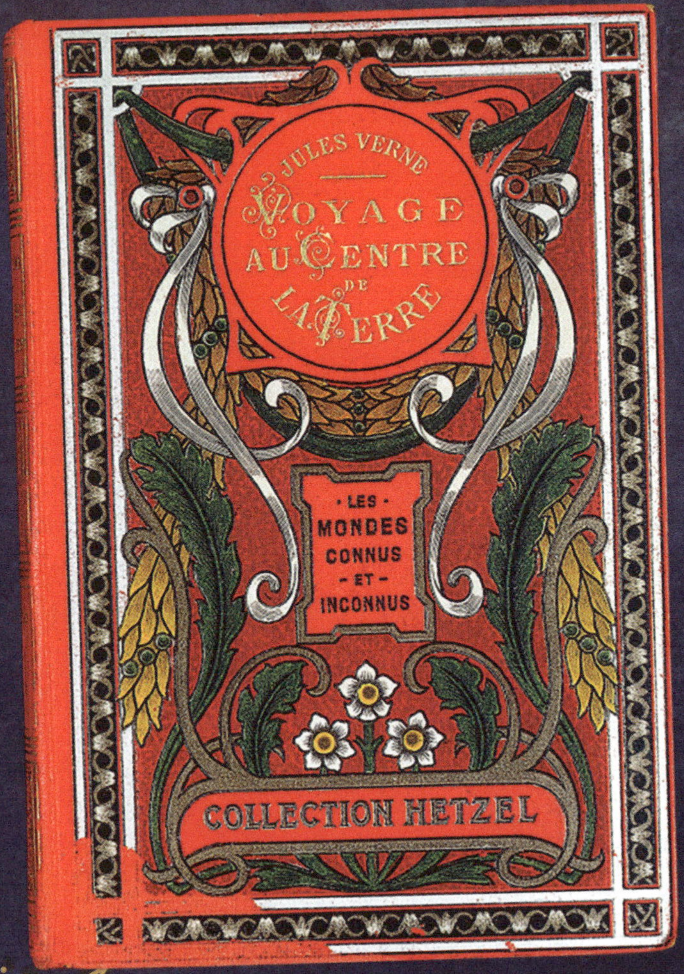

Vous comprenez mieux la mappemonde et ses repères : le Malin aurait-il prévu des points de ravitaillement pour sa mystérieuse machine tout autour de la Terre ? Cela signifierait qu'il serait capable de voyager et peut-être de frapper n'importe où dans les mers du globe, sans jamais être repéré. Les craintes de Verne sont légitimes : vous êtes aux trousses d'un génie criminel.

UNE MENACE SOUS LES EAUX

Île de Stromboli, 5 juillet 1886.

Chaussée des Géants

Plusieurs options s'offraient à vous pour gagner la Sicile.

La première consistait à voguer jusqu'au nord de l'Irlande, puis à gagner Dublin par la route pour prendre un autre bateau ralliant Le Havre, et enfin traverser la France puis toute la botte italienne par la route et la voie ferrée. Cette solution vous aurait permis de voir la célèbre Chaussée des Géants, une curiosité géologique qui, dit-on, mérite le détour, mais vous ne l'avez pas choisie car vous avez eu vent de troubles politiques dans la région liés à un mouvement indépendantiste naissant. Vous avez donc opté pour la seconde option, qui consistait à naviguer jusqu'à Lisbonne, puis à changer de bateau pour franchir le détroit de Gibraltar et atteindre la Sicile après une courte escale à Tunis.

L'été bat son plein au cœur de la Méditerranée et le sirocco s'est même invité sur les pentes du Stromboli, provoquant une chaleur accablante. Épongeant votre front ruisselant de sueur, vous regardez s'éloigner le petit bateau qui vous a conduit de Palerme au pied du volcan.

C'est la première fois que vous venez ici. Le Stromboli est un cracheur de lave qui émerge abruptement de la mer et culmine à 926 mètres. Très actif, il est presque continuellement couronné d'un panache de gaz. Ses éruptions se produisent à la fréquence moyenne de quelques minutes ou dizaines de minutes, souvent avec une surprenante régularité.

Avant de débarquer, vous avez demandé au marin de faire le tour de l'île. Cette reconnaissance vous a permis de localiser une zone parsemée d'anfractuosités sur le versant nord-ouest de l'île-montagne. C'est à cet endroit que vous venez de poser pied à terre. Vous commencez à chercher une entrée qui pourrait vous conduire directement au cœur du volcan. Vous ne tardez pas à la trouver. Elle correspond à une trouée nichée au pied d'une pente raide et vierge de toute végétation ; sans doute le vestige d'une puissante éruption.

Des grondements sourds et incessants retentissent et le sol tremble quasi continuellement. Vous êtes inquiet. Après avoir parcouru une centaine de mètres dans une galerie tortueuse, vous atteignez une grotte immergée ressemblant fortement à celle du Sneffels. Au milieu de l'eau nimbée d'une lueur bleutée provenant d'une galerie sous-marine donnant sur l'extérieur, vous distinguez ce que vous espériez tant découvrir : un sous-marin.

Il est grand, énorme même. Sa forme cylindrique aux extrémités coniques est en tous points semblable à celle du *Nautilus*, le sous-marin du capitaine Nemo dans *Vingt Mille Lieues sous les mers*. Quelques détails le rendent cependant beaucoup plus menaçant, notamment une longue série de dents qui longe sa génératrice supérieure comme une scie acérée. De toute évidence, il s'agit là d'une arme capable de couper le fond de n'importe quel bateau en bois – et peut-être même en métal.

Si cette incroyable machine que le Malin a réussi à construire fonctionne, cela constitue une grave menace pour tous les navires du monde. Vous vous demandez même si certains naufrages qui ont fait dernièrement la une des journaux n'auraient pas été l'œuvre de cet engin.

Vous décidez de vous approcher de la coque pour tenter de monter à bord. Votre curiosité inhibe toute prudence. Soudain, vous glissez sur les rochers. Vous tombez à l'eau les pieds devant. Ce bain forcé ne fait heureusement que blesser votre amour-propre. Mouillé pour mouillé, vous en profitez pour examiner la moitié immergée du sous-marin. Elle comporte des ouvertures circulaires qui font penser à des tubes lance-torpilles. Cela ne fait que confirmer le caractère offensif de cette machine.

Vous montez sur la coque par l'avant et marchez le long des dents. Elles sont tranchantes comme des épées et leur usure témoigne de leur utilisation passée. Vous êtes convaincu que le Malin a déjà frappé sous les mers avec ce terrible engin. Vous atteignez une trappe munie d'un volant. Après l'avoir tourné lentement, vous ouvrez le passage dans lequel plonge une échelle métallique. Impatient de découvrir les entrailles de la bête, vous ne pouvez vous empêcher de penser au *Nautilus*. Jules Verne y avait imaginé des chambres, une salle à manger, un fumoir, une cuisine, un luxueux salon aux allures de palais, et même une bibliothèque contenant des milliers de livres. Perché sur la carcasse d'acier, vous vous demandez si vous ne rêvez pas.

Une fois parvenu en bas de l'échelle, vous constatez que l'intérieur n'a rien à voir avec celui du *Nautilus*. Il est austère, métallique et exempt de fioritures. D'innombrables tuyaux et câbles parcourent une coursive centrale qui dessert des machines complexes, des réservoirs et des appareillages déroutants.

À la proue, vous découvrez un compartiment contenant des torpilles fonctionnant à l'air comprimé et des mines sous-marines. Il y a également des harpons, un impressionnant stock d'armes à feu, ainsi que des scaphandres. Des ballasts permettant de contrôler la profondeur d'immersion sont disposés dans les flancs.

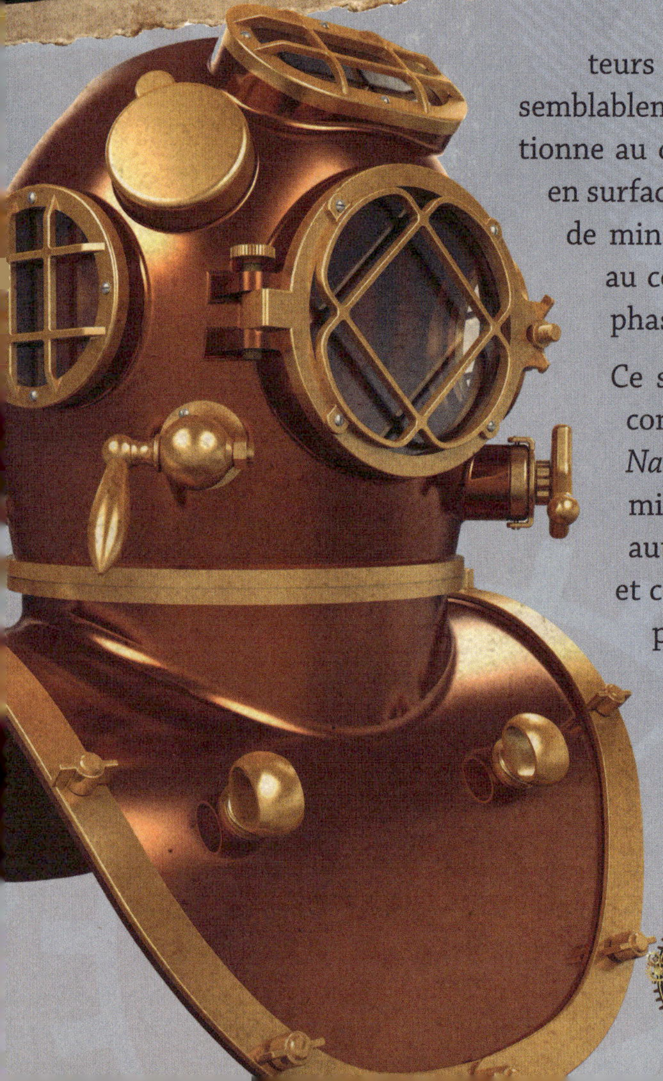

À la poupe, deux énormes moteurs sont connectés à un arbre actionnant vraisemblablement l'hélice propulsive. Le premier fonctionne au charbon et doit être utilisé pour naviguer en surface. Le second utilise quant à lui un mélange de minerais comme ceux que vous avez trouvés au cœur du Sneffels – il doit servir durant les phases d'immersion.

Ce sous-marin n'utilise donc pas l'électricité, comme l'avait imaginé Jules Verne pour le *Nautilus*, mais fait appel à la propulsion thermique. C'est logique au regard de la faible autonomie offerte par les batteries actuelles et cela démontre que le Malin, bien qu'inspiré par les écrits du romancier, n'en reste pas moins pragmatique.

Les espaces de vie se résument à une dizaine de lits étroits et à quelques tables et strapontins. Tous ces éléments confirment l'idée que vous vous étiez faite depuis l'extérieur. Ce sous-marin est conçu pour la guerre, et non pour l'exploration. En fouillant les différents compartiments, vous trouvez des conserves alimentaires, des réserves d'eau potable et même de vin. Il y a là de quoi tenir des semaines pour une dizaine d'hommes. Tout semble prêt pour une longue expédition et l'appareillage paraît imminent. Le Malin n'agit donc pas seul. D'ailleurs, personne n'aurait pu construire seul une si formidable et terrifiante machine. Ce n'est donc pas un individu que vous pourchassez, mais une organisation clandestine.

Vous vous demandez du même coup où est l'équipage. Si jamais on vous trouve ici, c'en sera fini de votre enquête – et probablement de vous.

Vous examinez les instruments maritimes éparpillés au niveau de la passerelle de commandement, où se trouve un périscope. Le principe de la navigation vous est globalement connu. Il repose sur le suivi de deux paramètres : la latitude et la longitude, qui sont respectivement mesurables, via un almanach nautique, avec un sextant et une horloge de précision. En revanche, sous l'eau, ce doit être très différent, puisqu'il est impossible de se repérer par rapport aux étoiles. Vous faites l'inventaire des instruments afin d'identifier leur provenance. Vous espérez ainsi en apprendre davantage sur le réseau qui fournit le Malin et ses sbires.

Vous trouvez six instruments principaux qui semblent provenir de sources diverses. Ils sont tous finement ouvragés, notamment une magnifique horloge dont vous aimeriez bien découvrir l'origine. Mais certaines de leurs fonctions vous échappent. Vous vous livrez donc à un exercice de déduction pour comprendre ces instruments.

AIDEZ-VOUS DE VOS DÉDUCTIONS POUR DÉTERMINER DE QUELLE VILLE VIENT L'HORLOGE.

Le compas sert à déterminer le cap et vient d'Espagne.
La carte marine sert de référence et a été imprimée à Hambourg.
Le sondeur provient de Salamanque et permet de mesurer la profondeur.
L'instrument mesurant la latitude ne vient pas d'une capitale nationale.
Le loch a été fabriqué en France.

	CAP	LONGITUDE	RÉFÉRENCE	LATITUDE	VITESSE	PROFONDEUR	PARIS	LIVERPOOL	SALAMANQUE	HAMBOURG	LONDRES	BARCELONE
SEXTANT												
HORLOGE												
SONDEUR												
LOCH												
COMPAS												
CARTE												

	CAP	LONGITUDE	RÉFÉRENCE	LATITUDE	VITESSE	PROFONDEUR
PARIS						
LIVERPOOL						
SALAMANQUE						
HAMBOURG						
LONDRES						
BARCELONE						

NE TOURNEZ PAS LA PAGE !

Pour pouvoir lire la suite de ce chapitre,
vous devez d'abord résoudre cette énigme !

Cette horloge vous intrigue. En l'examinant attentivement, vous découvrez une fine gravure qui indique : « 104 P.M. St. ». Il s'agit certainement d'une adresse. Avec un peu de chance, c'est peut-être là le lieu où se terre le Malin ou l'un de ses comparses. Il vous tarde de vous rendre à Londres pour confirmer cette hypothèse, mais vous êtes face à un dilemme. Ce sous-marin est un élément capital pour votre investigation. Si vous partez en le laissant là, vous risquez de ne jamais le retrouver. Vous décidez donc d'informer les autorités locales de sa présence afin qu'il puisse être saisi.

Après être sorti de la coque, vous rebroussez chemin vers l'entrée de la grotte en faisant cette fois attention de ne pas glisser. Une fois à l'air libre, vous scrutez l'horizon et faites de grands signes aux bateaux que vous apercevez. Plusieurs passent sans vous voir, mais une barque finit par se détourner de son cap pour vous rejoindre. Vous rejoignez ainsi la Sicile et profitez d'une charrette de cultivateur pour gagner Palerme. En toute fin de journée, vous parvenez au commissariat où, aidé par un officier bilingue, vous expliquez votre découverte. Les policiers ont du mal à vous croire, mais vous parvenez néanmoins à les convaincre de se rendre sur place pour vérifier vos dires.

Le lendemain, à l'aube, dix policiers appareillent pour l'île de Stromboli. Vous les attendez sur le quai ; ils ont refusé que vous preniez le risque de les suivre. À leur retour, ils déclarent n'avoir trouvé qu'une grotte vide et vous abreuvent de réprimandes cinglantes.

Quelle terrible désillusion : le *Nautilus* vous a échappé…

L'HORLOGE DU REFORM CLUB

Londres, 9 juillet 1886.

Depuis votre départ de Sicile, vous n'avez pas arrêté de ressasser des regrets. Jusqu'ici, votre enquête vous avait permis de trouver des machines et des armes extraordinaires mais abandonnées. Ce sous-marin ressemblant comme deux gouttes d'eau au *Nautilus* était, lui, fonctionnel. Le savoir parti pour on-ne-sait-où vous inquiète. Vous culpabilisez de l'avoir laissé s'échapper.

Toutefois, à force d'y songer, un doute vous vient à l'esprit. Et si les policiers n'avaient pas dit la vérité ? Et s'ils étaient de mèche avec le Malin ? Vous n'osez pas croire à une telle hypothèse. Pourtant, vous n'avez pas pu assister à leur mission dans la grotte du Stromboli. Le fait que cette base n'ait jamais été découverte avant votre arrivée est une possibilité, mais pas une certitude. Le Malin est intelligent, organisé et probablement influent. Il s'est peut-être arrangé pour ne pas être dérangé par les autorités locales. Aussi invraisemblable qu'elle puisse paraître, cette option doit donc être envisagée.

C'est dans l'incertitude la plus totale que vous avez gagné Londres. En passant par Paris, vous n'avez même pas pris la peine de vous rendre à votre domicile. De toute façon, personne ne vous y attend. Quant à votre bureau, vous ne le regrettez absolument pas. Les affaires que vous avez délaissées étaient ennuyeuses et insignifiantes.

Vous vous êtes longtemps interrogé sur la signification de l'inscription que vous avez vue sur l'horloge du sous-marin. Serait-ce l'indication d'une adresse ? Correspondrait-elle à une adresse londonienne ? À force d'y réfléchir, vous faites une nouvelle fois un rapprochement avec les œuvres de Jules Verne. Dans *Le Tour du monde en quatre-vingts jours*, le personnage principal, Phileas Fogg, est membre du Reform Club, un cercle politique considéré comme un bastion de la pensée libérale et progressiste. Or, le siège de ce club est situé au 104 Pall Mall Street – ce qui correspond aux indications de l'horloge.

Dans le roman, après avoir lu un article du *Morning Chronicle* affirmant qu'une nouvelle voie ferrée construite en Inde rendrait possible un tour du monde en quatre-vingts jours, Phileas Fogg parie avec les membres du club la moitié de sa fortune sur sa capacité à réussir ce tour du monde en si peu de temps. Avec son compagnon Passepartout, il part ainsi pour une grande course contre la montre autour du globe. Le fait que l'horloge trouvée dans le sous-marin vous ait mené ici n'est évidemment pas une coïncidence. Vous devez être sur la bonne voie. Vous brûlez d'impatience de découvrir ce qui, dans ce club, peut avoir un lien avec l'insaisissable Malin.

Vous tentez d'entrer dans le club, mais le concierge vous demande une carte de membre. Vous êtes donc poliment refoulé. Il vous faut employer une autre stratégie. Après avoir pris un fiacre jusqu'au siège de la Metropolitan Police, place Whitehall, vous demandez à rencontrer George Lestrade, un inspecteur britannique avec qui vous aviez sympathisé à l'occasion d'un séminaire international de police il y a quelques années. Surpris et ravi de vous revoir, il s'intéresse beaucoup à votre histoire et n'hésite pas à vous aider en vous permettant de pénétrer dans le Reform Club.

Vous voilà donc revenu au 104 Pall Mall Street, précédé par un appel téléphonique de la Metropolitan Police ayant valeur de sésame.

Une fois passé le filtre du concierge, vous visitez les lieux en cherchant des signes et des indices qui pourraient avoir un lien avec l'horloge du sous-marin.

Vous ne trouvez rien de probant, mais vous faites la rencontre d'un jeune homme qui, intrigué par votre attitude, vous invite à prendre un thé au salon. Il s'appelle Arthur Conan Doyle. Ce trentenaire à la moustache extravagante est un médecin passionné d'écriture. Vous sympathisez immédiatement avec lui et parlez littérature.

Il vous avoue être actuellement en train de travailler sur un roman policier qu'il souhaite intituler *A Study in Scarlet*. Il s'agirait d'une enquête narrée par un médecin nommé John Watson et menée par Sherlock Holmes, un détective appliquant une nouvelle méthode de travail : la déduction d'après des faits scientifiques. Vous adhérez d'emblée à ce personnage dont les techniques vous rappellent celles que vous tentez de mettre en place à Paris avec la toute nouvelle brigade de police scientifique. Contrairement aux anciennes méthodes basées sur la collecte de témoignages, la réputation des suspects et les études de voisinage, souvent sujettes à caution, la police scientifique française moderne cherche surtout à amasser des indices et des preuves matérielles permettant de vérifier les narrations des témoins et des suspects.

Vos échanges sont riches et passionnants. Vous vous amusez même à parier quelques livres sterling sur la résolution d'énigmes. L'une d'elles met en scène quatre horloges qui indiquent 14 h 30, 15 h 00, 14 h 50 et 14 h 20. Sachant qu'une avance de 20 minutes, qu'une autre retarde de 10 minutes, qu'une troisième s'est arrêtée et que la quatrième affiche la bonne heure, Arthur Conan Doyle vous demande de donner l'heure exacte. Vous réfléchissez quelques instants avant de donner la bonne réponse.

Cette histoire d'horloge vous fait repenser à celle du sous-marin. Vous vous rappelez par ailleurs que Phileas Fogg, le personnage du *Tour du monde en quatre-vingts jours*, est un maniaque du temps. Vous portez donc la conversation sur ce sujet. Conan Doyle décide alors de vous montrer quelques curiosités du club. Il vous conduit dans une autre salle et vous présente des collections d'objets aussi intéressantes qu'hétéroclites. Il y a par exemple des tableaux de Cézanne, Gauguin ou encore Monet. Il vous dévoile également une belle série de stylos à plume, tous britanniques et venant pour la plupart de Birmingham. Lorsqu'il vous montre une horloge en précisant que c'est un modèle d'une extrême précision utilisé pour la navigation maritime, vous reconnaissez immédiatement celle du sous-marin. Elles sont identiques en tous points, à l'exception d'une date gravée, 1863, qui n'était pas présente sur sa jumelle du Stromboli.

Sûr d'avoir trouvé là l'indice que vous cherchiez, vous demandez à Conan Doyle à qui appartient cette horloge.

– Ce bien a été offert au club par un membre français se nommant Armand Boutefeu, répond-il.

– Est-il ici ? vous empressez-vous de demander.

– Non. Il est parti précipitamment il y a deux jours, après avoir reçu un télégramme venant de Sicile.

Cette information vous fait presque bondir de joie. Vous demandez aussitôt à votre compagnon s'il a une idée de l'endroit où se trouve ce télégramme. Il ne le sait évidemment pas mais vous conseille de demander au concierge, qui veille toujours avec soin sur toutes les affaires des membres du club.

Conan Doyle doit ensuite partir : il a rendez-vous avec un jeune dénommé Herbert George Wells, qui voudrait se lancer dans l'écriture de romans de science-fiction et souhaite être chaperonné par le Reform Club. Vous saluez votre nouvel ami et lui promettez de lire son roman dès qu'il sortira, en lui souhaitant que son personnage, Sherlock Holmes, connaisse le succès qu'il mérite.

De nouveau seul, vous descendez dans le hall d'accueil et demandez au concierge s'il a conservé le télégramme reçu par M. Boutefeu. Comme il s'étonne de votre requête, vous précisez qu'il s'agit d'une affaire de police de la plus haute importance et que le destinataire du télégramme est peut-être en danger. Déjà échaudé par le coup de téléphone reçu juste avant votre arrivée, le concierge fronce les sourcils en signe de désapprobation, mais vous donne malgré tout le télégramme. Ce qui est écrit dessus est tout simplement incompréhensible. Il s'agit de toute évidence d'un message codé nécessitant une clé chiffrée.

DÉCODEZ LE TÉLÉGRAMME ET IDENTIFIEZ LE LIEU QU'IL INDIQUE.

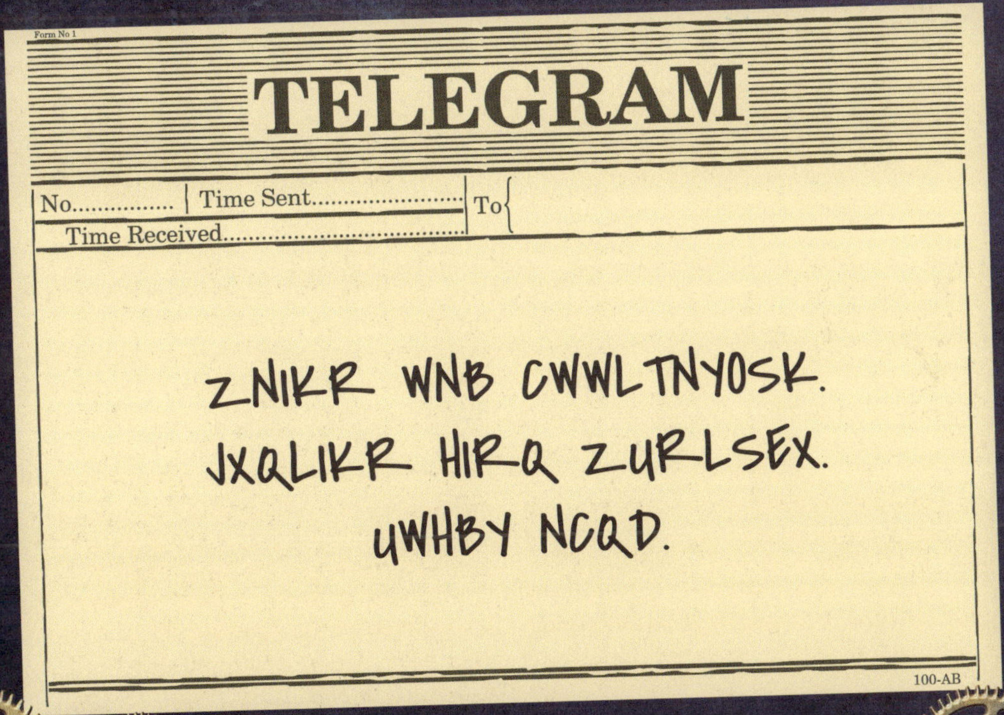
Form No 1

TELEGRAM

No.............. | Time Sent........................ | To{

Time Received..

ZNIKR WNB CWWLTNYOSK.

JXQLIKR HIRQ ZURLSEX.

UWHBY NCQD.

100-AB

NE TOURNEZ PAS LA PAGE !

Pour pouvoir lire la suite de ce chapitre, vous devez d'abord résoudre cette énigme !

Ce message était donc crypté selon la méthode dite du chiffre de Gronsfeld, comme dans le roman de Jules Verne *La Jangada*. Daté du jour où vous avez découvert la cache du sous-marin, il a certainement été envoyé par l'équipage à leur chef, le Malin, soit son destinataire. À en croire Conan Doyle, celui que vous pourchassez se nommerait donc Armand Boutefeu. Le fait qu'il soit membre du Reform Club confirme ce que vous pensiez : il est très bien placé dans la haute société et a vraisemblablement de l'influence et du pouvoir.

Cacher la clé de décodage sur le socle de cette horloge était très astucieux ; vous remarquez au passage que la date de 1863 correspond à l'année durant laquelle le roman *Cinq Semaines en ballon* a été publié. Est-ce une coïncidence ?

Le Malin, ou plutôt M. Boutefeu, est donc parti à Haumaka. Ce nom ne vous évoque rien, mais vous pensez que la bibliothèque du club devrait pouvoir vous aider à localiser cet endroit. Vous remontez donc l'escalier sous le regard stupéfait du concierge. Vous examinez les ouvrages rangés sur les étagères et, quelques instants plus tard, vous trouvez la signification de ce mot dans un gros livre d'histoire et de géographie. Les Haumakas sont les habitants originaires de l'île de Pâques, et le nom Haumaka est parfois donné à ce lieu.

Vous vous souvenez soudainement de la liste runique trouvée dans le Sneffels. Vous l'extirpez de votre poche et comprenez que le Rano Kau, l'un des volcans de l'île de Pâques, sert de point de ravitaillement au sous-marin du Malin, au même titre que le Sneffels, le Stromboli et les autres volcans côtiers répertoriés. Vous savez donc où s'est rendu Boutefeu. Le seul problème, c'est qu'il a deux jours d'avance sur vous.

LA FIN JUSTIFIE LES MOYENS

Dans un premier temps, vous envisagez de poursuivre Boutefeu et son sous-marin. Mais ne risquez-vous pas de les voir s'évaporer de nouveau ? De plus, seul face à un équipage, vous n'avez aucune chance. La raison vous pousse donc à appliquer une autre stratégie – celle du renseignement.

Vous passez donc le reste de la journée à discuter avec des membres du Reform Club. La plupart sont des politiciens, mais vous rencontrez également des personnes qui exercent des professions libérales. Au cœur de la conversation, vous ne manquez pas de faire des allusions à un ressortissant français : Armand Boutefeu.

Vous apprenez alors que ce Parisien voyage beaucoup et qu'il n'habite Londres que de temps en temps. On vous le décrit comme un homme d'affaires richissime et un peu touche-à-tout, qui œuvre pour le développement des idées progressistes et finance les projets auxquels il adhère. Il semble faire l'unanimité parmi les membres du club, ce qui vous trouble.

Le soir venu, déterminé à en apprendre plus sur Boutefeu, vous retournez à la Metropolitan Police pour retrouver votre collègue d'outre-Manche, George Lestrade. Étant sur le point de quitter son bureau, ce dernier vous invite à prendre un verre au London Pavillon, un cabaret très en vogue situé à Piccadilly Circus, une place très vivante. Vous passez là une excellente soirée pleine de chants et de rires. Vous en oubliez presque votre enquête, qui, il faut bien le reconnaître, monopolise votre esprit depuis déjà plusieurs mois.

À peine sorti du cabaret, vous proposez à Lestrade de perquisitionner le domicile de Boutefeu. Il refuse sèchement, arguant qu'il n'a rien à reprocher à cet homme respectable et proche du gouvernement britannique. Comprenant que vous êtes allé trop loin, vous feignez la mauvaise plaisanterie et vous excusez platement.

Après avoir quitté Lestrade, vous gagnez votre chambre d'hôtel. Pour approfondir votre enquête sur Boutefeu, la seule solution que vous envisagez consiste à fouiller son domicile, ce qui implique d'y entrer par effraction. Cela ne fait pas partie de vos méthodes habituelles, mais vous jugez que l'enjeu est trop important pour faire preuve d'intégrité.

Vous descendez voir le réceptionniste et lui expliquez que vous cherchez l'adresse d'un certain Armand Boutefeu afin de lui rendre une montre qu'il a perdue dans la rue. Serviable et efficace, le brave homme décroche son téléphone et passe plusieurs appels avant de vous tendre une feuille de papier sur laquelle il a inscrit l'adresse.

Garnault Place, Clerkenw

Après avoir remercié le réceptionniste avec un généreux pourboire, vous sortez de l'hôtel. Un fiacre vous conduit à l'adresse indiquée. Lorsque vous en descendez, vous échangez quelques mots avec le cocher, qui vous explique que le quartier de Clerkenwell est réputé pour ses horlogeries ; vous trouvez cela parfaitement logique au regard de vos dernières découvertes.

Vous vous rendez devant le domicile de Boutefeu. C'est une bâtisse à la fois simple et élégante située à proximité de la Middlesex Sessions House, une cour de justice récemment construite. Habiter près d'un tel lieu est une couverture parfaite pour un criminel, pensez-vous ironiquement.

Vous faites le tour du pâté de maisons et apercevez un portillon entrouvert qui donne sur un jardin. Vous vous y engagez après avoir vérifié que personne ne vous observe. Vous atteignez l'arrière-cour du bâtiment et constatez que la porte est verrouillée.

Vous sortez de vos poches des outils de crochetage, que vous avez subtilisés à votre ami Lestrade lors de votre seconde visite à la Metropolitan Police. Vous n'êtes pas fier de cet emprunt, mais vous apaisez votre conscience en vous disant que la fin justifie les moyens.

Vous déverrouillez la serrure en un temps record. Il faut dire que vous vous êtes récemment entraîné à ce type de manœuvre dans le cadre d'un projet visant à étudier les méthodes de crochetage utilisées par les voleurs. Vous souhaitiez apprendre à reconnaître les traces laissées sur les serrures par un crochet pour identifier les outils utilisés et constituer des preuves scientifiques de leur utilisation.

Une fois à l'intérieur, vous prenez un long moment pour vérifier que personne ne se trouve sur place. Comme vous n'entendez rien d'autre que le tic-tac des horloges, vous vous aventurez au premier étage et pénétrez dans un bureau. Vous trouvez là de nombreux documents. Certains, émanant de membres du gouvernement britannique, prouvent que Boutefeu a des relations très influentes à Londres.

Cependant, son réseau de connaissances est loin de se limiter à ce pays. Vous voyez en effet des courriers venant de nombreux États tels que la France, l'Allemagne, l'Italie, l'Espagne, les États-Unis, l'Inde, la Russie ou encore la Chine. La liste est longue et il vous faudrait des jours pour les étudier en détail. Le Malin entretient visiblement des relations étroites avec les élites de plusieurs nations, ce qui doit lui être très utile pour ses activités.

Ces correspondances dévoilent de nombreuses transactions financières et des expéditions de machines et de matériaux industriels. Le Malin préparait-il une guerre ou s'agit-il juste d'une intense activité de négoce à l'échelle internationale ?

Étant convaincu, comme Jules Verne, des intentions belliqueuses de Boutefeu, vous blêmissez devant l'ampleur de ses activités. La guerre franco-prussienne a laissé en vous des traces indélébiles, une souffrance si grande que vous vous refusez à accepter qu'un autre conflit puisse un jour se déclarer sur le sol français.

Vous poursuivez votre inspection et découvrez un coffre-fort habilement caché derrière un tableau. Il s'agit d'un modèle que vous ne connaissez pas, qui semble venir de Suisse.

Son mécanisme d'ouverture est commandé par quatre molettes jalonnées par des lettres de l'alphabet. Vous tentez de l'ouvrir en essayant des combinaisons au hasard, sans succès !

Vous décidez de coller votre oreille à la porte d'acier trempé afin d'écouter le bruit fait par le mécanisme. Au cours de votre carrière, vous avez en effet appris que les coffres-forts utilisent des cliquets qui ont tendance à s'user et à émettre des sons particuliers si les combinaisons ne sont pas changées régulièrement. Avec un peu de chance, cela pourrait vous donner des indications qui vous permettraient d'identifier le code.

Vous tournez lentement les molettes une à une et obtenez, après plusieurs essais, des indications très intéressantes.

TROUVEZ LE CODE DU COFFRE-FORT À PARTIR DE VOS ESSAIS.

NE TOURNEZ PAS LA PAGE !

Pour pouvoir lire la suite de ce chapitre,
vous devez d'abord résoudre cette énigme !

Le coffre-fort se déverrouille et vous bénissez les heures passées à vous exercer sur des coffres du monde entier. Jamais vous n'auriez pensé être un jour amené à en ouvrir un clandestinement.

Intrigué par le fait que la combinaison corresponde à l'Inde, vous vous souvenez soudain que le roman de Jules Verne *La Maison à vapeur* se déroule justement là-bas. Il est donc possible que Boutefeu ait des intérêts et peut-être même des projets sur ce territoire. Vous avez d'ailleurs vu des courriers venant de Calcutta dans son bureau.

Dans le coffre, vous trouvez des lingots d'or, des liasses de billets de différentes devises, des bons au porteur de diverses sociétés et des papiers d'identité qui vous interpellent. Tous tamponnés par différents gouvernements, ils semblent concerner une même personne née en 1828. Un de ces documents concerne un certain Gilberto Piento résidant à Madrid. Un autre correspond à un homme nommé Scott Firestone vivant à Boston. L'un d'eux est agrémenté d'une photographie d'identité représentant un barbu charpenté au cou large et à la tête ronde.

Parmi tous ces faux documents, vous n'en trouvez aucun qui vienne de France ; vous en déduisez qu'Armand Boutefeu voyage en ce moment sous ce nom.

Vous venez de découvrir un indice capital : son visage !

LA CHARGE DE L'ÉLÉPHANT

Calcutta, 2 août 1886.

Vous aviez envie de subtiliser la fortune et les papiers d'identité du Malin, mais vous vous êtes finalement ravisé. Agir ainsi aurait constitué une irrégularité majeure de la part d'un représentant des forces de l'ordre, d'autant que le fait d'être entré chez lui par effraction est déjà répréhensible. En cas de procès, un bon avocat en aurait tiré parti à votre détriment et tout le travail accompli pour arrêter ce criminel aurait été réduit à néant.

Qui plus est, le Malin aurait tôt ou tard été informé de ce vol, ce qui n'aurait pas manqué de l'alerter et de le rendre méfiant. La situation actuelle est bien plus à votre avantage car il ne croit pas être suivi. Vous savez qu'il s'est rendu sur l'île de Pâques, mais foncer là-bas pour tenter de l'interpeller serait une erreur. Rien ne vous dit d'ailleurs qu'il va y rester longtemps, puisqu'il a beaucoup d'intérêts et d'activités à travers le monde. Mieux vaut poursuivre votre discret travail d'investigation en suivant ses traces.

Après avoir soigneusement noté toutes les informations contenues dans le coffre, vous vous êtes intéressé aux courriers dispersés sur le bureau du Malin – en particulier aux lettres qui venaient d'Inde. C'est ainsi que vous avez identifié une adresse à Calcutta. Après avoir soigneusement tout remis en place pour ne laisser aucune trace de votre visite, vous partez avec la ferme intention de traquer le Malin en Inde.

Dès le lendemain, vous prenez le premier train pour Douvres. De là, vous embarquez à bord d'un paquebot qui vous conduit à Suez. Un autre navire vous mène ensuite à Bombay en contournant la péninsule arabique. Puis vous prenez un train qui vous fait traverser l'Inde jusqu'au golfe du Bengale et Calcutta.

Durant ces vingt-cinq jours de voyage, vous songez beaucoup au *Tour du monde en quatre-vingts jours*. Le parcours que vous avez effectué depuis Londres est le même que celui de Phileas Fogg et de Jean Passepartout, et vous avez mis le même temps qu'eux. De plus, comme eux, vous pourriez être considéré comme un cambrioleur aux yeux de la loi, car vous avez visité illégalement un domicile et ouvert un coffre-fort !

L'adresse que vous avez repérée dans les courriers de Boutefeu correspond à une magnifique bâtisse située sur les rives du Gange. Vous savez que votre cible est connue ici sous l'identité d'Aman Aag, un résident de Calcutta. C'est donc en prétextant vouloir lui rendre visite que vous vous présentez à l'entrée. Un domestique hindou vous accueille respectueusement et vous annonce que M. Aag est parti pour un long voyage, ce qui ne vous surprend évidemment pas. Vous demandez alors à voir un de ses associés. On vous indique une autre adresse située dans les faubourgs de la ville.

Lorsque vous y arrivez, vous croyez rêver. Au milieu d'une palmeraie entourée par une haute palissade se tient un gigantesque éléphant, la trompe dressée comme un cobra. Immobile et impassible, il est fait d'acier et est surmonté d'une tourelle aux allures de tour de guet. Monté sur des roues situées sous ses pattes massives, il est accroché à deux wagons blindés qu'il semble pouvoir tracter en mouvant ses pattes articulées.

Aussi invraisemblable que cela puisse paraître, la maison à vapeur de l'ingénieur Banks est là, devant vos yeux ébahis. Toutefois, elle n'a pas la magnificence du train routier imaginé par Jules Verne. Sur celle-ci, point de défenses dorées ou de draperie à franges réhaussée de fils précieux. Au contraire, ce véhicule aussi original que spectaculaire est paradoxalement d'une sobriété extrême et semble destiné à une seule activité : le combat.

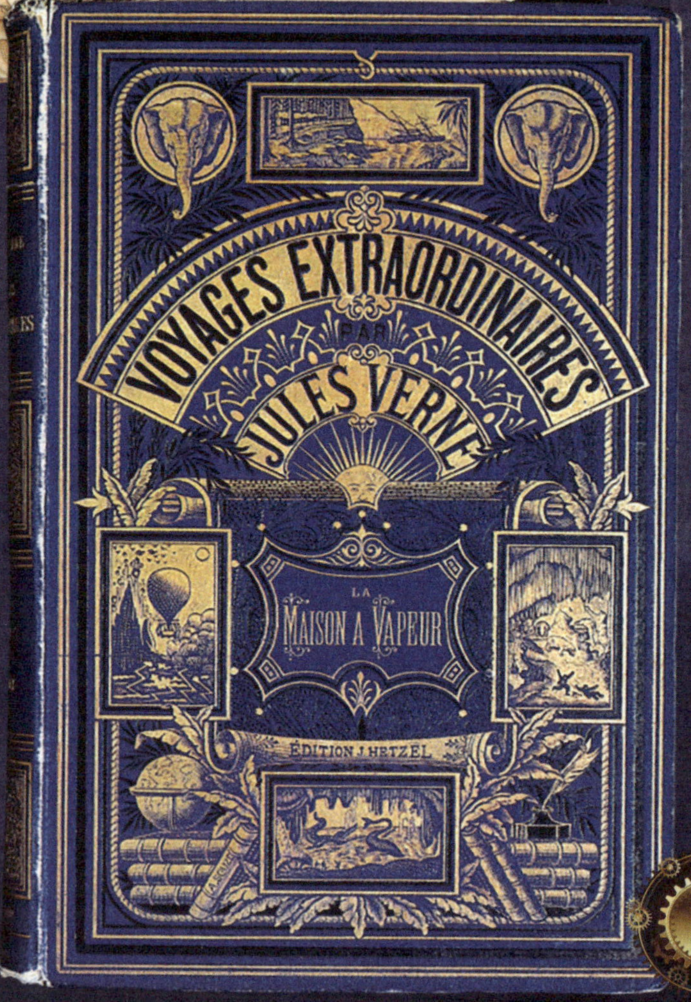

Après avoir découvert la copie du ballon de Fergusson, celle du canon Columbiad et celle du *Nautilus*, vous ne devriez pas être surpris par un tel engin. Pourtant, sa massivité et sa grande ressemblance avec un éléphant vous laissent pantois. Que fait-il là ? Pourquoi l'a-t-on construit ? S'est-il déjà rendu dans le piémont himalayen, comme son homologue fictif ? Les questions se bousculent dans votre esprit, et c'est à peine si vous voyez arriver un jeune hindou qui vous aborde en ces mots :

– Bonjour, Sir. Vous venez pour l'inspection ?

Surpris, vous hésitez un bref instant avant de répondre :

– Oui, bien sûr.

– Je ne vous attendais que la semaine prochaine. M. Aag n'est pas avec vous ?

– Non, il m'a délégué cette tâche car il a affaire ailleurs, déclarez-vous en affichant une attitude aussi sereine que possible.

– Bien, suivez-moi. Mais je vous préviens, tout n'est pas encore terminé.

– Ce n'est pas grave, montrez-moi.

Le jeune homme, prénommé Ganesh, se dirige vers l'éléphant. Il vous invite à monter à bord, ce que vous faites en prenant un air sérieux et concentré. Cette méprise a fait de vous l'inspecteur de cette formidable machine dont la construction semble arriver à son terme. Vous n'en demandiez pas tant.

Une fois à l'intérieur, vous découvrez un trésor de mécanique. Des barres, des tuyaux, des cames et des engrenages sont savamment agencés dans le corps du pachyderme. Le tout doit s'animer grâce à un moteur alimenté par une chaudière à vapeur dont la cheminée est reliée à la trompe. C'est une véritable locomotive. L'accès à la tourelle se fait par une échelle. Une fois en haut, vous profitez d'une vue plongeante sur les alentours.

C'est une sorte de poste de commandement dans lequel se trouve une lunette permettant de voir très loin et un système de communication filaire établissant un lien audible avec les personnes se trouvant dans les wagons.

Lorsque vous visitez ces derniers, vous comprenez qu'ils n'ont d'autre fonction que de servir de postes de tir. Des canons et des mitrailleuses y sont en effet habilement disposés pour qu'il n'y ait aucun angle mort. Une impressionnante quantité d'obus et de balles gisent par terre.

– Qu'en pensez-vous ? demande Ganesh dans votre dos.

– Je... je suis impressionné. Pouvons-nous l'essayer ?

– Oui, bien sûr.

Sur ces mots, il sort et hèle des compatriotes. Une dizaine d'hommes vous rejoignent et allument la chaudière. Peu après, l'éléphant s'anime comme par magie, crachant un panache de vapeur blanche par la trompe. Installé dans la tourelle, vous êtes éberlué par la vitesse à laquelle l'engin progresse. Alors que vous traversez la palmeraie dont le relief est relativement chaotique, il roule avec une régularité parfaite, et ce malgré l'humidité du sol, importante en cette période de mousson. Il faut se rendre à l'évidence : le Malin a réussi à fabriquer une forteresse tout-terrain parfaitement opérationnelle. Depuis votre perchoir, vous voyez l'éléphant effrayer oiseaux, singes et tigres ; vous grimacez de terreur en imaginant les ravages que pourrait faire un troupeau de tels pachydermes en pleine charge.

Une fois revenu sur le site de fabrication, vous posez quelques questions à Ganesh :

– D'où viennent les pièces et les matériaux ?

– Je ne sais pas, Monsieur. Je ne suis qu'un constructeur. Des pièces sont arrivées par bateau, d'autres par le train, et certaines par les routes.

– Allez-vous fabriquer d'autres éléphants ?

– Cela dépendra de ce que vous pensez de celui-ci.

– Eh bien, sachez que je trouve cet éléphant… unique.

Ganesh semble satisfait de votre réponse. Bien qu'il soit responsable de la construction de cette arme destructrice, vous avez du mal à lui en vouloir : il ne semble en effet pas animé de mauvaises intentions et se contente de faire son travail. Le secret du Malin pour préparer sa guerre est peut-être là, dans sa faculté à banaliser des machines pourtant très dangereuses.

Prétextant vouloir faire une dernière inspection, vous refaites seul le tour de la bête métallique. Votre but n'est évidemment pas de vérifier son bon fonctionnement, mais de trouver des indices qui vous permettraient de connaître l'origine des pièces qui la composent, et donc d'identifier d'autres collaborateurs du Malin.

Comme vous ne trouvez rien de probant, vous vous dirigez vers des caisses d'emballages entassées juste à côté, qui servent de terrain de jeu à des macaques particulièrement agités. À première vue, les timbres des marchandises viennent effectivement des quatre coins du monde. Il y en a de toutes les couleurs et la plupart sont en anglais, mais vous reconnaissez également de l'allemand, de l'espagnol, du mandarin, de l'arabe et de l'hindi. Ce florilège philatélique est plutôt déroutant. Toutefois, en y regardant de plus près, vous pressentez qu'un indice se cache là.

ALLEZ DU TIMBRE SITUÉ EN HAUT À GAUCHE À CELUI QUI EST EN BAS À DROITE EN VOUS DÉPLAÇANT D'AUTANT DE CASES QUE VOUS LE SOUHAITEZ VERTICALEMENT OU HORIZONTALEMENT, MAIS SEULEMENT ENTRE DES TIMBRES AYANT UN SYMBOLE OU UNE LANGUE EN COMMUN. RELEVEZ LES LETTRES OÙ VOUS VOUS SEREZ SUCCESSIVEMENT ARRÊTÉ.

□ STAMP	◎ डाक टकिट I	△ BRIEFMARKE C	□ SELLO S	○ TIMBRE A
◎ BRIEFMARKE	□ ختم B	▽ 郵票 A	◇ 郵票	○ BRIEFMARKE R
◇ डाक टकिट P	△ 郵票 U	□ STAMP	△ SELLO	▽ ختم H
◎ ختم T	○ SELLO	▽ ختم	○ BRIEFMARKE U	◇ डाक टकिट
▽ SELLO E	◇ 郵票	○ BRIEFMARKE N	◇ डाक टकिट M	◎ TIMBRE

NE TOURNEZ PAS LA PAGE !

Pour pouvoir lire la suite de ce chapitre, vous devez d'abord résoudre cette énigme !

Il semble que toutes ces marchandises aient été réglées par une seule et même personne dont l'adresse se situe à Sumatra. Le prix de tous ces matériaux et composants devant être colossal, la personne qui a tout payé doit donc disposer d'une immense fortune. Serait-ce le Malin lui-même ?

Désireux d'en avoir le cœur net, vous décidez de vous rendre à Sumatra. Vous saluez Ganesh et partez vers le port de Calcutta pour y trouver un bateau. Tandis que vous marchez sur les quais, vous prenez la mesure de l'intense activité qui règne dans cette ville. Malgré la pauvreté de la région, Calcutta, la capitale des Indes britanniques, jouit d'une croissance économique et industrielle importante, notamment grâce au secteur textile, qui est en plein développement. Des toiles et des tissus abondent partout et donnent à ces lieux une ambiance bigarrée.

Vous trouvez un bateau marchand néerlandais qui part pour Sumatra. Son capitaine vous laisse embarquer moyennant une somme rondelette. Au petit matin, vous quittez le tropique du Cancer et mettez le cap sur l'équateur.

LA COLÈRE DES ÉLÉMENTS

Golfe du Bengale, 5 août 1886.

Plus vaste que le Royaume-Uni et l'Irlande réunis, l'île de Sumatra fait partie des Indes néerlandaises et se trouve au sud-est du golfe du Bengale. Cette ancienne colonie britannique a été cédée à la Hollande en contrepartie de territoires en Afrique de l'Ouest. Depuis plus de vingt ans, le sultanat d'Aceh, situé tout au nord de l'île, subit les assauts de l'armée néerlandaise, et l'issue du conflit semble incertaine. En effet, bien que le sultan Muhammad II Daoud Shah ait reconnu la souveraineté hollandaise, ses sujets ont refusé de se rendre et mènent une guérilla incessante, consumant à petit feu les ressources et le moral des colons hollandais.

C'est donc dans un territoire tourmenté que vous vous rendez, et cette perspective vous inquiète. Accoudé au bastingage, tandis que le bateau longe les îles Nicobar, vous repensez à votre propre expérience de la guerre et à la bataille de Sedan.

Vous n'avez aucune envie de replonger dans la fureur des combats qui ne mènent à rien, si ce n'est à la mort ou à la souffrance. Une seule quête vous anime : démasquer le Malin et neutraliser ses agissements avant qu'il ne sème le chaos dans le monde entier.

Quelques jours plus tard, lorsque vous débarquez à Kota Radja, qui signifie « la ville des rois » en malais, vous remarquez une forte présence militaire, mêlée à une intense activité commerciale. Vous prenez la direction du palais du sultan. Les documents associés aux matériaux ayant servi à construire l'éléphant d'acier n'ont pu être tamponnés que par une personne très haut placée. Arrivé devant le palais, vous apercevez la grande entrée ornée de sculptures de dragons, tandis que les hautes murailles de l'enceinte fourmillent de canons et de soldats. Cette démonstration de force de l'armée hollandaise contraste totalement avec l'architecture du palais. Entouré de grands jardins peuplés de hauts palmiers et de massifs fleuris, composé d'élégants bâtiments blancs jalonnés de voûtes et de colonnes, réhaussé de frises chatoyantes et couronné de dômes joliment galbés, le palais du sultan est un véritable bijou d'architecture.

Ne disposant pas de laissez-passer, vous ne parvenez malheureusement pas à franchir le poste de garde. Les soldats vous paraissent très tendus, probablement à cause de cette guérilla qui sévit partout. Vous faites donc demi-tour et retournez au port.

Tout en marchant, vous vous interrogez sur le lien éventuel que peut avoir le sultan avec l'éléphant à vapeur de Calcutta. Il est difficile d'imaginer qu'un tel souverain soit à l'origine du financement des activités du Malin. Ses préoccupations doivent concerner avant tout son territoire, Aceh, et non les vastes Indes britanniques. Quelqu'un d'autre dans son entourage doit donc être impliqué – une personne très proche du pouvoir et de ses richesses.

Vous reconnaissez, dans les allées des jardins, des *rafflesia arnoldii* et des *arum titan*, les fleurs les plus grandes du monde, mais aussi des plantes carnivores étonnantes et de nombreuses espèces d'orchidées plus belles les unes que les autres.

Inspiré par cette ambiance luxuriante, vous repensez au roman *Les Cinq Cents Millions de la Bégum*, où deux rivaux, l'un français et l'autre allemand, héritent de la fortune colossale d'une bégum, c'est-à-dire de la favorite d'un sultan, et utilisent cet argent pour construire une ville idéale, baptisée France-Ville, pour le premier, et une cité de l'acier, dénommée Stahlstadt, pour le second.

Dans le port, vous apercevez de nombreux sacs de poivre, une épice dont le monde occidental raffole et qui pousse à foison dans cette région charnière entre l'Asie et l'Océanie. La moitié de la production mondiale se concentre d'ailleurs ici, dans le sultanat d'Aceh – d'où l'importance de cette région pour les Hollandais. En observant les bateaux qui mouillent dans le port, accostent et appareillent, vous avez l'impression d'assister à un ballet parfaitement orchestré. Cependant, vous ne voyez là aucun lien avec les activités du Malin, qui semble ne s'intéresser qu'aux engins de guerre.

Tout à coup, un grondement sourd s'élève. Le sol se met à trembler. Les bâtiments vacillent. Les gens s'accroupissent en se protégeant la tête. C'est un tremblement de terre ! Vous vous accrochez au premier tronc d'arbre qui vous tombe sous la main. Paniqué, vous assistez impuissant à ce phénomène dont vous avez beaucoup entendu parler mais que vous expérimentez pour la première fois. Des murs se fissurent, des personnes tombent, des feux se déclenchent et des fissures apparaissent dans le sol. Vous craignez le pire, mais subitement, tout s'arrête.

Après avoir pris le temps de recouvrer vos esprits, vous poursuivez votre chemin vers les quais. Autour de vous, tout le monde ramasse ses affaires et reprend ses activités comme si de rien n'était. Il semble que les séismes soient fréquents dans cette région.

Soudain, vous apercevez une bande blanche le long de l'horizon. Ce sont d'énormes vagues qui avancent vers la ville.

– Tsunami ! crie un homme en désignant l'océan d'une main fébrile.

Vous connaissez ce mot d'origine japonaise qui signifie « raz-de-marée » en français. Vous savez également que ce phénomène survient lors des séismes dans les zones côtières.

Sur le port, tout le monde s'arrête et observe l'immense étendue bleue, puis un mouvement de foule se produit et les gens s'éloignent précipitamment des quais. Ne sachant pas quoi faire, vous imitez le comportement des personnes qui sont près de vous. Vous surplombez le port d'une bonne dizaine de mètres, et cela semble suffisant pour être en sécurité. Quelques instants plus tard, les vagues déferlent dans le port telle une horde implacable. Elles s'écrasent sur les bateaux, les faisant balancer dangereusement. L'écume envahit les quais et l'eau monte rapidement dans les rues, entraînant avec elle un souffle puissant.

Ce chaos dure plusieurs minutes, puis tout se calme. Les éléments se sont déchaînés puis apaisés, comme si la Terre avait donné aux hommes un avertissement et fait la démonstration de sa toute-puissance. Les eaux se retirent et dévoilent un port couvert de débris, de sable et de boue. Par chance, personne ne semble avoir été victime de la colère de l'océan.

À quai, les bateaux ont été secoués, les pontons malmenés. Les cargaisons ont subi des dégâts. Des caisses sont tombées, dévoilant partiellement leur contenu. C'est une excellente opportunité pour en savoir un peu plus sur ce qui transite ici. Vous redescendez vers les quais. Observant attentivement ce fouillis et écoutant les discussions, vous tentez d'identifier la nature et la destination des marchandises. Il y a parmi elles des pièces mécaniques qui attirent votre attention, car elles semblent destinées à des machines complexes qui pourraient bien avoir un lien avec les activités du Malin.

IDENTIFIEZ LE NAVIRE DANS LEQUEL VONT ÊTRE EMBARQUÉES LES PIÈCES MÉCANIQUES ET SA DESTINATION.

Le café sera chargé sur un trois-mâts qui ne se rend pas aux États-Unis.
Le poivre est destiné à l'Europe et sera chargé sur un bateau à voiles.
La jonque va appareiller pour le Japon, la cale pleine de piments.

	Bateau à vapeur	Trois-mâts	Jonque	Bateau à voiles et vapeur	Hollande	Oregon	Pondichéry	Honshū
Café								
Poivre								
Piments								
Pièces mécaniques								

NE TOURNEZ PAS LA PAGE !

Pour pouvoir lire la suite de ce chapitre, vous devez d'abord résoudre cette énigme !

Ces pièces mécaniques font figure d'exception parmi toutes les denrées alimentaires. Vous vous approchez du *Lincoln*, un magnifique bateau à vapeur sur lequel les lourdes caisses sont embarquées. Il va bientôt prendre le large pour les États-Unis, et plus précisément l'Oregon, un État de la côte ouest. Les dégâts provoqués par le raz-de-marée ralentissent le chargement et vous en profitez pour aborder le capitaine et vous renseigner sur l'endroit exact où il doit livrer sa cargaison. Comme il n'a pas d'informations précises à vous donner, vous lui demandez s'il peut vous prendre à bord. Il accepte et vous propose même une petite cabine, moyennant une somme rondelette que vous êtes en mesure de payer, même si le pécule offert par Jules Verne commence à s'amenuiser.

Vous appareillez quelques heures plus tard, à la mi-journée. Le temps est clément et la mer calme. Une longue traversée vous attend. Après avoir contourné Sumatra, vous allez serpenter entre les îles d'Indonésie, puis traverser l'immense océan Pacifique en mettant cap au nord-est. Il est prévu une courte étape dans l'archipel d'Hawaï où le navire sera ravitaillé en charbon et embarquera une cargaison complémentaire de sucre de canne, puis il sera temps de voguer vers la côte occidentale des États-Unis et l'Oregon. Il vous tarde de découvrir la destination de ces pièces.

LA CITÉ DE L'ACIER

Coos Bay, 7 septembre 1886.

Votre traversée de la mer des Philippines et de l'océan Pacifique a duré près d'un mois. Vous avez connu quelques intempéries, mais la robustesse du *Lincoln* lui a permis de franchir ces obstacles sans difficulté. Ce bateau à hélice est propulsé par des machines à vapeur. Aucune voile n'est nécessaire tant la puissance développée par les moteurs est importante. Dans les chantiers navals du monde entier, ce type de navire est de plus en plus produit, reléguant peu à peu la marine à voile au second plan et permettant une accélération des échanges commerciaux. Ce mode de propulsion consommant beaucoup de charbon, il nécessite des ravitaillements réguliers sur les longs trajets. C'est pour cette raison que le bateau a fait escale à Honolulu, dont vous avez pu admirer les magnifiques paysages. À travers une eau limpide, vous avez vu des fonds marins d'une richesse extraordinaire, garnis de coraux bigarrés et peuplés de poissons multicolores.

Ces images vous ont immanquablement rappelé *Vingt Mille Lieues sous les mers* et les incroyables découvertes d'Aronnax et ses compagnons durant leur voyage à bord du *Nautilus*.

Au moment de repartir, vous avez aperçu au loin le Haleakala, l'un des volcans qui servent sans doute de base au sous-marin du Malin.

Arrivé à Coos Bay, vous débarquez et observez le déchargement de la cargaison. Une fois entreposées sur le quai, les caisses de pièces mécaniques y restent toute la journée, tandis que les sacs de sucre de canne embarqués à Honolulu partent directement sur des chariots, prenant la direction de la gare de Portland, située tout au nord de l'État.

Le soir venu, alors que vous vous décidez à entrer dans un établissement public pour y passer la nuit, vous voyez arriver un cortège de chariots tractés par de robustes chevaux qui se rangent à côté des caisses.

Vous vous approchez et apercevez un individu qui ne porte aucune charge. Il se contente d'observer les autres et de lancer quelques ordres de temps à autre pour faire accélérer le travail. Pensant qu'il s'agit d'un contremaître, vous l'abordez et lui demandez :

– Bonsoir, monsieur. Où amenez-vous ces caisses ?

– À Stahlstadt, bien sûr, répond-il.

Ce nom réveille en vous le souvenir d'un roman de Verne. C'est ce nom que l'auteur a donné à la cité de l'acier bâtie par le professeur Schultze, un des deux héritiers de la bégum. Il n'en faut pas plus pour vous convaincre que vous êtes sur une piste. Vous décidez donc d'appliquer la même stratégie que celle de Marcel Bruckmann dans le roman et de vous infiltrer dans cette mystérieuse cité.

– Je cherche du travail, dites-vous.

– À la bonne heure ! répond le contremaître. Nous manquons de mains, mais j'imagine qu'avec votre handicap, vous ne pouvez pas faire de manutention.

– En effet, mais j'ai d'autres compétences. Je suis formé à la gestion des stocks et à la comptabilité.

– Très bien, vous allez venir avec nous. Je vous trouverai un lit et vous commencerez demain. Vous ferez un essai d'une semaine qui ne sera payé que s'il est concluant. C'est à prendre ou à laisser.

– C'est parfait.

Une fois les caisses chargées, les chariots quittent Coos Bay. À bord de l'un d'entre eux, vous discutez avec vos compagnons de voyage. Il y a un homme d'origine amérindienne plutôt renfermé, un Irlandais à l'air jovial, un Japonais silencieux et un Espagnol du genre bavard. Vous apprenez que ces hommes travaillent tous à Stahlstadt, une ville fondée par un Allemand de Düsseldorf nommé Hans Feuer. Vous reconnaissez là une des identités du Malin trouvées dans son coffre-fort londonien.

Lorsque vous atteignez la ville, vous constatez qu'elle est située sur une péninsule nommée Cap Arago. Ce que vous découvrez est impressionnant. Plus qu'une ville, il s'agit surtout d'une immense usine. Partout, de hautes cheminées crachent des panaches de vapeur et de fumée qui voilent les étoiles. Des bruits sourds ou stridents retentissent et une odeur âcre inonde les alentours. Cet endroit semble concentrer à lui seul la révolution industrielle du monde entier.

Impatient d'en savoir plus et soucieux de ne pas éveiller de soupçons, vous suivez docilement les directives du contremaître. Après une nuit passée dans un cantonnement collectif où vous avez dû supporter les ronflements de vos camarades de chambrée, on vous installe dans un hall en vous demandant de recenser les caisses récemment livrées.

Vous réalisez consciencieusement votre travail, tout en prenant le temps de fureter dans tous les recoins du hangar.

Vous découvrez de nombreuses pièces mécaniques, mais aussi du charbon provenant des houillères d'Aberfoyle, en Écosse. Encore une fois, il ne s'agit pas d'une coïncidence : ces mines sont décrites dans *Les Indes noires*, roman de Jules Verne qui mêle le réalisme de l'exploitation minière à l'imaginaire des légendes celtes.

Dans d'autres bâtiments, vous trouvez des denrées alimentaires, des vêtements et tout ce dont a besoin cette ville-usine pour fonctionner et produire. Rapidement, la seule question qui vous taraude est d'identifier ce que l'on fabrique ici. Dans *Les Cinq Cents Millions de la Bégum*, le professeur Schultze construit un énorme canon pour détruire France-Ville, la cité idéale de son rival, le docteur Sarrasin. Le tir de sa création est si puissant que l'obus ne retombe jamais et devient finalement le premier satellite artificiel de la Terre.

Le soir venu, tandis que vos camarades regagnent leurs chambrées pour se reposer, vous visitez les ateliers de fabrication. Ce que vous y découvrez est tout simplement ahurissant. Dans un immense bâtiment, une chaîne d'assemblage produit des canons ressemblant en tous points, mais à taille réduite, à celui que vous avez vu à Tampa. Dans un autre édifice, ce sont des trains routiers comparables à l'éléphant à vapeur qui sont produits en série. La seule différence qu'ils ont avec leur homologue de Calcutta est que le pachyderme n'est pas représenté et est remplacé par un véhicule sobre mais tout aussi efficace.

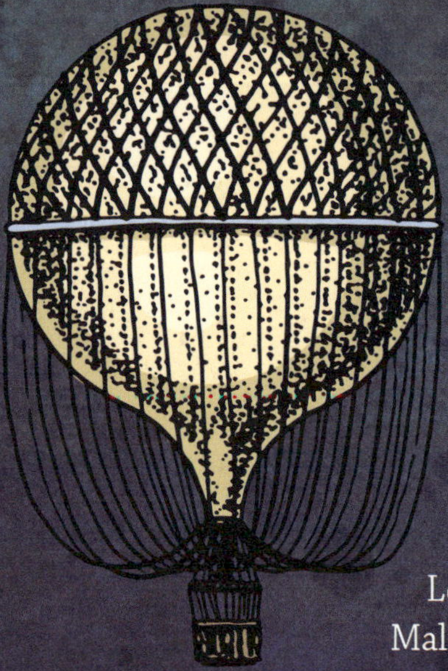

Un peu plus loin, dans un bâtiment plongeant directement dans l'océan, vous découvrez un chantier naval dans lequel des sous-marins comparables au *Nautilus* sont en cours de construction.

Ailleurs, vous trouvez de multiples unités d'assemblage de pistolets, de fusils, de grenades et de munitions en tous genres. Jamais vous n'avez vu autant d'armes.

Les soupçons de Jules Verne sont donc fondés. L'objectif du Malin est bien de mener une guerre mondiale. Avec ces machines et ces armes, il peut frapper n'importe où sur la planète. C'est une découverte terrifiante, et vous vous sentez désemparé face à cette folie destructrice. Comment pouvez-vous, seul et isolé, arrêter cela ? Votre seule option est de poursuivre discrètement votre investigation et de profiter du fait que le Malin ne soupçonne pas que vous l'espionnez.

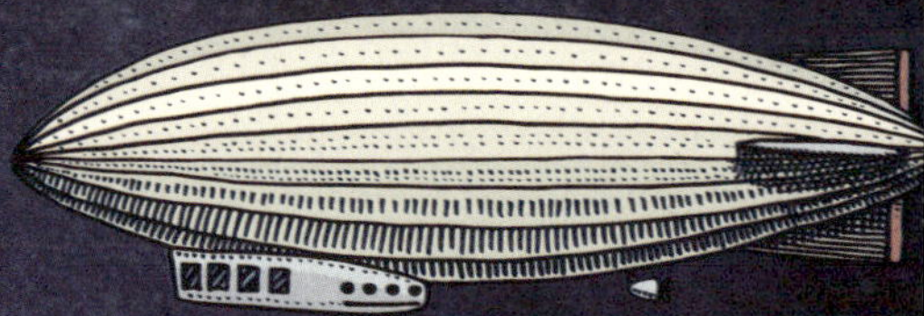

Toutefois, quelque chose cloche. Toutes ces armes ne servent à rien s'il n'y a pas d'hommes pour s'en servir. Les gens que vous avez croisés ici sont des travailleurs. Leurs corps sont marqués par les gestes répétitifs et l'ambiance sombre de la sidérurgie. Ce ne sont pas des soldats. Où le Malin compte-t-il trouver des personnes décidées à se battre pour lui, à mener une guerre qui n'est pas la leur ?

Cette question vous replonge dans votre propre passé. Vous avez combattu face à l'empire prussien : vous vous étiez engagé pour défendre le drapeau de votre nation. À l'époque, cette motivation était suffisante pour vous amener à risquer votre vie au front. Cela signifierait-il que le Malin désire créer un empire, renverser l'équilibre déjà précaire des nations mondiales ?

Cherchant obstinément qui pourrait combattre pour le compte du Malin, vous vous intéressez à une baraque semblant servir de bureau. Comme il n'y a personne à cette heure tardive, vous y pénétrez discrètement et commencez à fureter un peu partout. Vous trouvez de nombreux documents qui correspondent pour l'essentiel à des factures et des reçus pour des marchandises de diverses natures et provenances.

Au milieu de cette jungle de chiffres et de lettres, vous repérez quatre cahiers dont les couvertures arborent des lettres sans lien apparent. En les feuilletant, vous constatez qu'ils détaillent un projet de centre de formation de soldats. Une information essentielle y manque : l'endroit où ce camp se trouve. Vous remarquez que la doublure de la couverture du dernier cahier est légèrement décollée. Vous la soulevez et découvrez une feuille de papier énigmatique.

Cet homme est aveuglé par son désir de pouvoir. Il ne s'arrêtera que quand le monde sera à ses pieds.

Il lève une armée dotée de technologies révolutionnaires. Ses victimes seront innombrables et il sèmera le malheur partout.

Moi, l'homonyme bien involontaire d'un personnage de fiction, je fuis cet endroit car je ne veux pas être impliqué dans le chaos qui se prépare. Malgré mon absence, je sais que tout continuera.

Ses armes sont ici, mais ses hommes sont ailleurs. Je ne peux pas révéler explicitement l'endroit où s'entraînent les ignorants qui lui serviront de chair à canon, mais je laisse ci-dessous un code permettant de le trouver en utilisant les couvertures de ces quatre cahiers.

Je pars pour Blois afin d'accomplir la terrible mission qu'il m'a confiée : organiser et masquer l'assassinat de son inspirateur. Je ferai en sorte qu'elle échoue sans qu'il ne s'en aperçoive, et je veux croire que quelqu'un doué de raison trouvera ce message et fera le nécessaire pour empêcher cette folie.

1 : R, ~~B~~, ~~V~~, J
2 : ~~R~~, B, V, J
3 : R, B, ~~J~~
4 : R, B, B, ~~V~~, ~~J~~
5 : ~~R~~, ~~B~~, ~~V~~, J

Dr Sarrasin, Cap Arago, 8 février 1886.

TROUVEZ L'ENDROIT OÙ SE SITUE LE CENTRE D'ENTRAÎNEMENT SECRET.

NE TOURNEZ PAS LA PAGE !

Pour pouvoir lire la suite de ce chapitre, vous devez d'abord résoudre cette énigme !

Cette lettre est d'une importance capitale pour votre enquête. Elle montre que quelqu'un travaillant pour le Malin a pris conscience de sa folie et refuse désormais de participer à ses noirs projets. Vous n'êtes donc pas seul face à cette organisation tentaculaire qui menace le monde. Pris d'un doute, vous ressortez de votre poche l'article du journal acheté à la gare d'Amiens et constatez que tout coïncide.

Blois est la ville où se trouvait Gaston, le neveu de Jules Verne. Il s'en est échappé et est allé à Amiens pour blesser son oncle. On l'a jugé fou. Vous n'y avez pas cru, et vous aviez raison. La lettre du docteur Sarrasin date d'un mois avant le crime, ce qui lui a largement laissé le temps de se rendre en France par voie ferrée, puis par bateau. Vous êtes convaincu que le Malin est à l'origine de l'acte inexplicable de Gaston. Ce crime d'où tout est parti aurait donc été fomenté par le Malin. Pourquoi ? Cette question reste pour l'heure sans réponse.

Vous continuez à fouiller le bureau et trouvez des notes signées par le docteur Sarrasin. Ce sont pour la plupart des ordonnances médicales. Les médicaments prescrits sont essentiellement destinés à lutter contre la douleur, la fatigue et les problèmes respiratoires, mais il y a aussi des calmants et des antidépresseurs. Le nombre important de ces documents montre que la vie est rude pour les travailleurs de cette ville-usine. Motivés par le seul fait de trouver du travail pour faire vivre leur famille, ils ne savent probablement pas à quoi sont destinées toutes les armes qu'ils produisent. Tous doivent réaliser des tâches insignifiantes qui ne leur donnent pas une vision globale de la terrifiante force de frappe qu'ils sont en train de créer, et aucun ne doit véritablement se demander quel est le but de cette production infernale. C'est souvent ainsi que les guerres se préparent, dans la banalité du quotidien et l'ignorance du lendemain.

LE VENT DE L'*ALBATROS*

Votre prochaine étape est donc Sitka, une île du sud de l'Alaska. Au petit matin, alors que tous les travailleurs prennent le chemin de l'usine, vous allez voir le contremaître. Vous lui annoncez votre démission en prétextant une vive douleur à la jambe. Il l'accepte sans véritablement faire attention à vous ; au moins, vous n'avez pas éveillé de soupçons.

Vous retournez donc à Coos Bay en profitant d'un chariot vide qui se rendait au port, puis vous en trouvez un autre qui vous amène jusqu'à Portland. Longtemps restée isolée, la côte occidentale des États-Unis est depuis peu reliée au reste du pays par une ligne de chemin de fer. Passer à travers la chaîne des montagnes Rocheuses n'a pas dû être facile, mais aujourd'hui ce maillage ferroviaire dense facilite les transports intérieurs, malgré l'immensité de ce pays. À l'image de ses voies ferrées, le Nouveau Monde, désormais sorti de la guerre de Sécession, est à l'aube d'un développement colossal.

À Portland, vous prenez un train qui vous mène jusqu'à Seattle, puis passez la frontière canadienne par la route pour atteindre Vancouver. De là, vous reprenez la route au sein d'un convoi amenant des denrées alimentaires en Alaska. Bien que long et fatigant, ce voyage à travers la Colombie-Britannique, bordée par l'immensité bleue de l'océan Pacifique et les sommets blancs des Rocheuses, est de toute beauté. Parmi les membres du convoi, vous rencontrez des gens de toutes origines, dont un Français nommé André Bourlingue.

En discutant avec lui, vous apprenez qu'il a quitté la France il y a plusieurs années pour refaire sa vie. D'abord mal à l'aise de vous savoir policier, il finit par se détendre en comprenant que vous n'êtes pas là pour l'arrêter. Il a visiblement laissé derrière lui un sombre passé qu'il souhaite oublier à tout prix. C'est un homme plutôt sympathique. Comme vous, c'est un ancien combattant de la guerre de 1870 où il était artilleur. Lorsque vous lui expliquez les circonstances de votre handicap, il se montre sincèrement désolé pour vous.

Plus à l'aise, il finit par vous expliquer qu'il est lui aussi en route pour Sitka, car il a entendu parler d'une opportunité pour s'enrôler dans une milice contre un salaire conséquent.

Cet homme, sans le savoir, va certainement rejoindre l'armée du Malin. Vous vous mordez la langue pour ne pas lui expliquer toute la vérité. La discrétion est votre alliée et vous devez absolument la préserver.

L'automne est déjà là lorsque vous arrivez en vue de l'île de Sitka. Les arbres commencent à troquer leurs abondantes parures vertes contre de fragiles habits rouge et jaune. Les nuits se font plus fraîches et, depuis quelques jours, vos réveils deviennent de plus en plus douloureux à cause de la fatigue. Ces problèmes vous donnent régulièrement l'envie de tout lâcher et de retrouver le confort de votre appartement parisien. Cependant, devant les terribles perspectives qui s'annoncent, un tel choix est inenvisageable.

Une fois sur l'île, vous découvrez un immense campement fait de baraquements en bois. Les collines des alentours, déboisées pour bâtir ces habitations, servent apparemment de terrain d'entraînement à des milliers d'hommes. André, votre compagnon de voyage, décide de se rendre directement au centre de recrutement. Vous lui souhaitez bonne chance et le laissez prendre de l'avance.

Marchant entre les maisons, observant tout ce qui se passe autour de vous et écoutant les discussions, vous tentez de comprendre comment est organisée cette communauté. La plupart des gens présents ici sont d'origine russe ou chinoise. Ils sont vraisemblablement venus par le détroit de Béring, qui sépare le continent américain de l'Asie au niveau du cercle polaire arctique.

Le détroit de Béring est une zone peu fréquentée et cette migration, aussi massive soit-elle, est probablement passée inaperçue. Ces hommes sont venus ici pour gagner leur vie. Ce ne sont ni plus ni moins que des mercenaires à la solde du Malin. C'est donc ainsi, à grand renfort d'argent et de nourriture, que ce fou constitue son armée. À en juger par l'intensité de l'entraînement qui se déroule ici et par la puissance des armes construites dans l'Oregon, il faut s'attendre au pire.

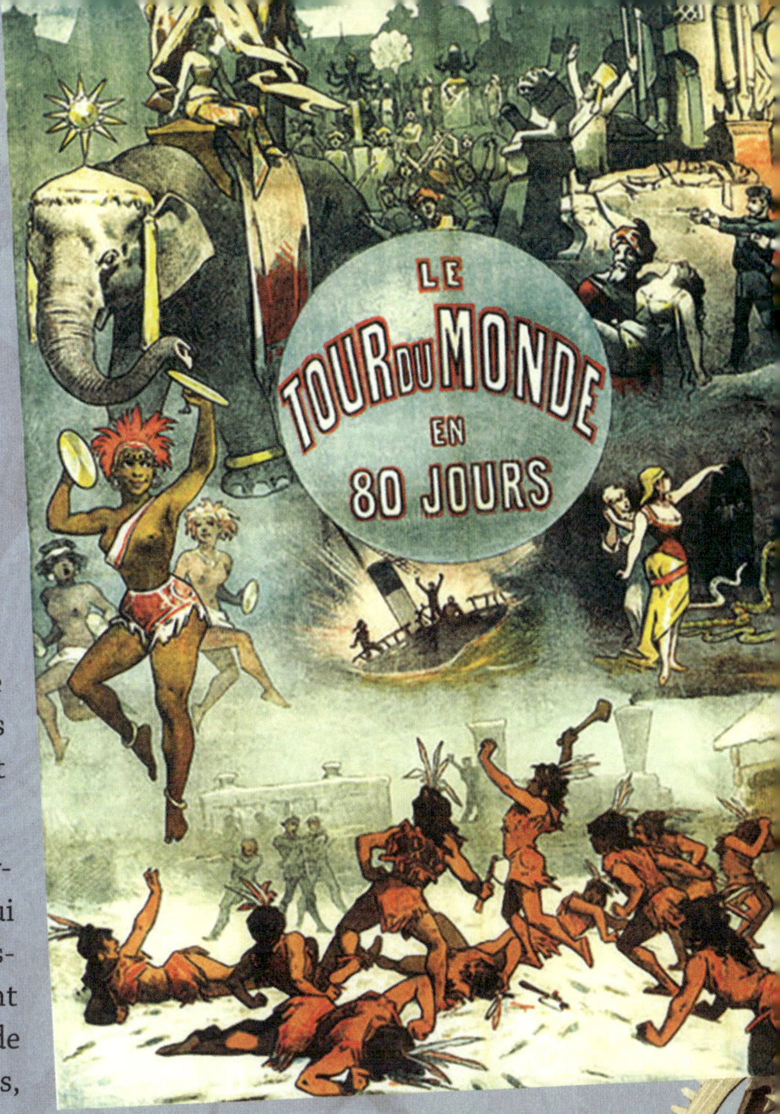

Vous observez des groupes de personnes qui courent, d'autres qui se mesurent à des parcours d'obstacles. Vous remarquez également d'étranges véhicules. Il s'agit de brouettes et de traîneaux à voiles, semblables aux inventions décrites par Jules Verne dans *Les Tribulations d'un Chinois en Chine* et *Le Tour du monde en quatre-vingts jours*.

Un peu plus loin, sur un ruisseau serpentant entre les collines, vous apercevez des hommes flottant au fil de l'eau. Ils portent des combinaisons de caoutchouc qui vous font penser à celles des hommes-barques dans *Les Tribulations d'un Chinois en Chine*. Une nouvelle fois, vous constatez avec tristesse et dépit que votre écrivain fétiche a, bien malgré lui, inspiré au Malin des équipements meurtriers.

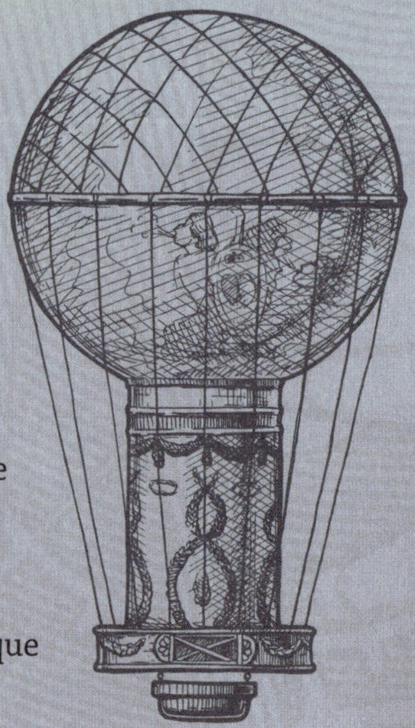

Le soir venu, vous apercevez André Bourlingue qui rejoint les baraquements. Le sourire aux lèvres, il vient à votre rencontre et vous ouvre ses bras en signe amical.

– Je suis heureux ! déclare-t-il.

– Avez-vous été engagé ?

– Oui, et pas n'importe où. Je suis désormais membre du futur équipage de l'*Albatros* !

– Qu'est-ce donc que ce nom d'oiseau ?

– Un énorme engin volant « plus lourd que l'air », vous vous rendez compte !

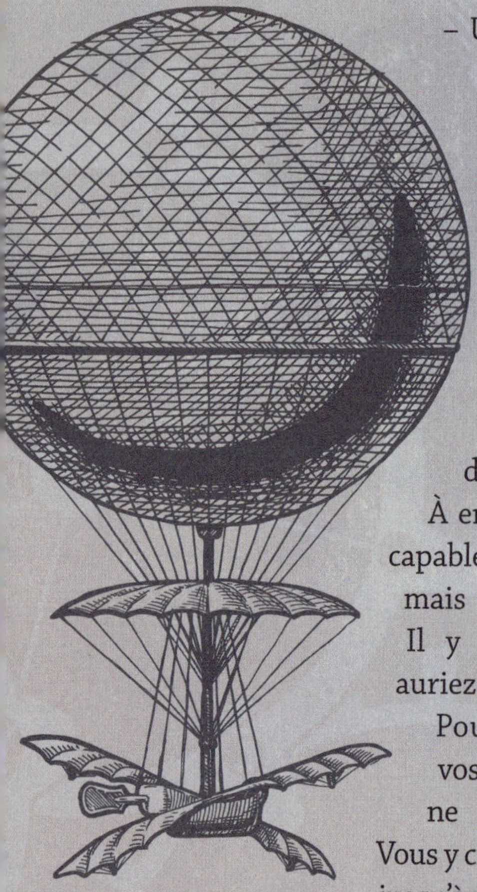

Vous repensez immédiatement à la lettre que vous a donnée feu Pierre-Jules Hetzel. Le mot « albatros » y était mentionné. Sur le moment, ce détail n'avait pas retenu votre attention ; vous vous demandez maintenant si ce n'est pas la clé qu'il vous manquait pour comprendre tout ce qui se trame. De prime abord, ce nom ne vous évoque rien d'autre qu'un grand oiseau marin. Pourtant, vous devinez qu'il s'agit là d'une autre terrible machine. À en croire Bourlingue, cet engin serait capable de voler comme un ballon, mais serait plus lourd que l'air. Il y a quelques mois, vous auriez trouvé cela irréalisable. Pourtant, aujourd'hui, vos *a priori* et vos références ne sont plus les mêmes. Vous y croyez et vous allez même jusqu'à vous en inquiéter.

– Avez-vous vu cet *Albatros* ? demandez-vous.

– Non, mais on m'a dit que je le verrai bientôt, quand ma formation sera achevée.

– C'est très intéressant. Qui a vu cette machine volante ?

– Le colonel McGrath. Il doit justement recevoir un message à ce sujet ce soir.

– Où puis-je le trouver ?

– Je ne sais pas. Cherchez-le dans le village. Vous ne pouvez pas le manquer, il a un bandeau sur un œil et un gros problème de toux.

– Un ancien mineur ?

– Non, un ancien combattant. Il était dans le camp des confédérés pendant la guerre de Sécession.

Vous saluez Bourlingue et partez au hasard entre les baraquements. Cette histoire d'*Albatros* vous intrigue. Ce n'est qu'à la nuit tombée que vous apercevez enfin l'homme en question, à la faveur des lanternes. Après avoir essuyé une quinte de toux, il regarde sa montre à gousset et entre dans un petit baraquement où vous apercevez les mots : « TELEGRAPH ROOM ». Par la fenêtre, vous le voyez s'asseoir devant une machine de télégraphie et attendre en toussant fréquemment. Vous vous tapissez dans l'obscurité pour pouvoir l'observer sans être vu.

Tout à coup, le récepteur télégraphique se met à émettre des sons que McGrath s'empresse de transcrire. Vous sortez précipitamment votre carnet et prenez des notes à la volée. Malheureusement, les quintes de toux du colonel vous empêchent d'entendre la totalité du message. Vous ne connaissez pas le code morse utilisé en télégraphie, mais heureusement vous parvenez à voir par la fenêtre une affiche indiquant les correspondances entre les signaux que vous avez entendus et les caractères alphabétiques.

A	B	C	D	E	F	G	H	I	J
.-	-...	-.-.	-..	.	..-.	--.	....	..	.---
K	L	M	N	O	P	Q	R	S	T
-.-	.-..	--	-.	---	.--.	--.-	.-.	...	-
U	V	W	X	Y	Z	.	,	?	!
..-	...-	.--	-..-	-.--	--..	.-.-.-	--..--	..--..	-.- .--
0	1	2	3	4	5	6	7	8	9
------	.----	..---	...--	....-	.....	-....	--...	---..	----.

DÉCODEZ LE MESSAGE REÇU PAR LE COLONEL MCGRATH, ET IDENTIFIEZ LA VILLE DONT IL EST QUESTION.

```
- --- ? .-. .- - .... .-.-.-
.- .-.. -... ? --- ... .-. . .- -.. -.--
..-. --- ? .. .-. ... -
- .-. -.-- -.- .--
-- . . - --- -. --- -.-. - ?
.---- ..... --..--
..-. .- .. .-. -- --- ..- -. -
.--. .- .-. -.- --..--
.--. .... .. .-.. ? .... .. .- .-.-.-
.-. --- -... ? .-.-.-
```

NE TOURNEZ PAS LA PAGE !

Pour pouvoir lire la suite de ce chapitre, vous devez d'abord résoudre cette énigme !

McGrath se lève dès que la transmission s'arrête. Caché dans l'ombre, vous restez immobile pour ne pas être découvert. Il tousse fortement, projetant quelques postillons sur votre visage crispé, puis s'éloigne en sifflotant *Dixie*, une chanson qui fut l'hymne officieux des confédérés durant la guerre de Sécession. Dès qu'il est hors de vue, vous sortez de votre cachette en vous essuyant vigoureusement le visage.

Ce que vous venez d'apprendre au sujet de l'*Albatros* doit impérativement être vérifié. Il s'agit de toute évidence d'un redoutable engin de guerre. S'il est vraiment capable de voler tout en étant plus lourd que l'air, c'est une véritable révolution technologique. Un exploit encore plus fantastique que le projet d'un certain Clément Ader, un Français voulant faire décoller un engin motorisé appelé « avion ».

Vous en savez désormais suffisamment sur ce qui se passe sur cette île. Y rester ne vous apprendrait rien de capital pour votre enquête et vos risqueriez même de vous faire démasquer. Vous décidez donc de quitter les lieux dans les meilleurs délais. À vol d'oiseau, Philadelphie est à plusieurs milliers de kilomètres de Sitka ; vous devrez faire ce long trajet par la route et le chemin de fer. Heureusement, le mystérieux *Albatros* ne semble pas avoir encore volé. Vous avez donc le temps de le trouver sans craindre qu'il ne vous échappe.

LE NAVIRE VOLANT

Philadelphie, 30 octobre 1886.

Votre voyage a été long, certes, mais confortable. Après être revenu à Seattle en profitant d'un convoi de bois, vous avez pris le train et ne l'avez plus quitté. Grâce à des décennies de travaux, au cœur d'un relief difficile et sauvage, le réseau ferroviaire américain est désormais bien développé. Une fois traversées les montagnes Rocheuses, vous avez longé le Missouri sur la nouvelle ligne Northern Pacific. À Saint Paul, vous avez franchi le Mississippi jusqu'à Baton Rouge. À Chicago, vous avez changé de train pour filer vers la côte est, via Cleveland. En gare de Boston, vous avez pris un nouveau train qui vous a conduit vers votre prochaine destination : Philadelphie.

Lorsque vous êtes passé à New York, vous avez vu au loin la statue de la Liberté. Elle est désormais achevée et son flambeau domine le port, en offrant une lueur d'espoir aux nombreux migrants qui débarquent du monde entier.

Vous réalisez soudain que vous venez de boucler un véritable tour du monde.

« Le temps ne compte pas », a déclaré Jules Verne lorsqu'il vous a donné la clé de son cabinet de travail. À l'époque, vous n'aviez peut-être pas totalement compris la portée de son message ; désormais, vous savez qu'il avait raison. Cette enquête qui a occupé sept mois de votre vie est un peu votre odyssée personnelle. Comme Ulysse, vous ne savez pas quand vous retournerez chez vous et ne connaissez pas les étapes par lesquelles il vous faudra passer pour y arriver. En tout cas, vous êtes prêt à toutes les surmonter pour finir cette mission.

Vous marchez dans les rues en vous imprégnant de l'ambiance de cette grande ville bouillonnante et cosmopolite. Longtemps, Philadelphie fut la ville la plus peuplée des États-Unis. Elle en était même la capitale sous la présidence de George Washington, avant que son successeur, John Adams, ne fasse de la Maison-Blanche le centre du pouvoir américain. En 1876, Philadelphie a accueilli l'Exposition universelle. On vous a raconté que la main tenant le flambeau de la future statue de la Liberté y était exposée. Il aura donc fallu plus de dix ans pour commencer à ériger ce monument dans la baie de New York.

Vous passez devant l'Independence Hall, qui vous rappelle que la Déclaration d'indépendance des États-Unis a été signée ici. C'est avec ce texte, ébauché par Thomas Jefferson, que les treize colonies britanniques d'Amérique du Nord ont fait sécession de la Grande-Bretagne en 1776.

Lorsque vous atteignez le Fairmount Park, vous ne remarquez rien de particulier. Cette immense étendue de verdure offre un calme apaisant, qui tranche avec la ferveur du centre-ville. Pourtant, vous êtes certain d'avoir bien interprété le télégramme reçu par le colonel McGrath. C'est bien dans ce parc que doit avoir lieu son rendez-vous avec un certain Rob, ou Robert, ou encore Robin, vous n'êtes pas sûr du nom. En tout cas, c'est probablement l'une des nombreuses identités du Malin.

Convaincu d'être sur la bonne voie, vous traversez une grande prairie et franchissez une palissade occultante qui barre la lisière d'une forêt. Sous le couvert des arbres, vos pas font crisser les innombrables feuilles.

Tout à coup, vous apercevez, au milieu d'une clairière, une étrange construction. Elle ressemble à un bateau qui se serait échoué au milieu des bois. Ses nombreux mâts sont dénudés et coiffés d'hélices de sustentation positionnées horizontalement, tels des chapeaux de carnaval. Deux autres hélices, propulsives cette fois, sont également présentes à la proue et à la poupe de cet engin qui n'a rien d'une épave. C'est un navire flambant neuf, qui ne semble pas destiné à voguer sur la mer, mais sur les nuages. Le voilà donc, le mystérieux *Albatros*. Cette machine est stupéfiante. Si elle est vraiment capable de s'envoler, elle constituera une arme dévastatrice. D'autant que sa proue, aussi pointue qu'une corne de rhinocéros, semble taillée pour éperonner n'importe quel obstacle.

Comme vous n'entendez aucun bruit à part celui des oiseaux, vous vous risquez à approcher l'engin et à monter à son bord en utilisant une échelle dressée contre sa coque. Arrivé en haut, vous découvrez un pont comparable à celui d'un voilier ordinaire. Des cabines percées de hublots le jalonnent, et un poste de commandement domine l'ensemble à la poupe. Les mâts sont solidement haubanés par une forêt de câbles fins qui donnent à l'ensemble une allure de toile d'araignée. Quant au matériau ayant permis de construire ce navire volant, il reste pour vous une énigme : il semble être extrêmement solide, tout en étant très léger.

Des trouées dans les bastingages bâbord et tribord confirment vos craintes : elles laissent deviner que des canons seront bientôt mis en place. À en croire le télégramme que vous avez intercepté à Sitka, cet appareil n'a encore jamais volé. Il est donc logique qu'aucune charge inutile ne soit embarquée pour réaliser le premier test. Le Malin doit penser qu'il pourra le remplir de poudre et d'obus lorsque le temps du combat sera venu.

Mais comment cet engin fonctionne-t-il ? Vous ne voyez aucune cheminée. Comment est-il possible d'animer toutes ces hélices sans charbon ou autre combustible ? Vous descendez dans la cale, où se trouve une machinerie complexe et déroutante. Il vous faut un peu de temps pour étudier son fonctionnement, mais vous finissez par comprendre qu'il s'agit d'un énorme moteur électrique. En revanche, son principe de stockage d'énergie vous échappe totalement.

Vous en restez coi. Lorsqu'il a reproduit le *Nautilus*, le Malin a opté pour une propulsion thermique. Il a développé un système de combustion basé sur des minerais volcaniques lui permettant de naviguer sous l'eau – et même de produire de l'oxygène. Avec l'*Albatros*, il semble qu'il ait réussi à atteindre un très haut niveau de maîtrise de la technologie électrique. Vous devez bien admettre que cet individu est brillant.

Vous brûlez d'envie de rencontrer ce Malin. Plus vous le pourchassez, plus il vous fascine. Son œuvre, si détestable et dangereuse soit-elle, tient du prodige. Comment le rattraper ? S'il n'est pas à Philadelphie, où peut-il se trouver en ce moment ? Serait-il toujours sur l'île de Pâques ? Vous n'y croyez guère. Cela fait des mois que son sous-marin est parti loin du Stromboli. Il n'est même pas exclu que son *Nautilus* croise à l'heure qu'il est dans les eaux du Delaware, tout près d'ici. Depuis des années, ce mystérieux personnage a disséminé ses machines aux quatre coins du monde. Il ne tient pas en place – et c'est bien pour cela que vous avez tant de mal à le trouver.

Dans un recoin de la cale, vous trouvez une plaque. Aussi solide que légère, elle semble être composée de l'étonnant matériau dont est fait l'*Albatros*. En l'examinant attentivement, vous comprenez qu'il s'agit de feuilles de papier pressées les unes contre les autres pour former une épaisseur stratifiée, capable de supporter des charges très importantes.

En le triturant dans tous les sens, vous constatez que ce matériau est capable d'encaisser tous les types de contraintes : la traction, la compression, la flexion et même le cisaillement. Le Malin semble avoir inventé un matériau ultraléger aussi résistant que l'acier.

Fasciné par cet objet auquel vous imaginez des applications intéressantes pour la police en tant que blindage corporel, vous approfondissez votre examen. Avec vos ongles, vous parvenez à décoller une feuille. En insistant, vous en soulevez une autre, puis une nouvelle. Vous effeuillez ainsi la plaque et apercevez à contre-jour des caractères imprimés en filigrane dans le papier. Il s'agit certainement d'une marque de fabrique qui pourrait vous conduire à la source d'approvisionnement de ce prodigieux matériau.

DÉCODEZ LE FILIGRANE ET IDENTIFIEZ LA VILLE D'OÙ VIENT LE MATÉRIAU.

NE TOURNEZ PAS LA PAGE !

Pour pouvoir lire la suite de ce chapitre, vous devez d'abord résoudre cette énigme !

Durant votre longue traversée des États-Unis, vous avez eu tout le loisir d'étudier la carte de ce grand pays. Titusville n'est pas une métropole majeure comme Philadelphie, Washington ou Seattle, mais vous vous rappelez avoir vu ce nom dans l'État de Pennsylvanie, non loin du lac Érié. Cela vous a marqué car il existe deux autres Titusville, en Floride et dans le New Jersey. Depuis Philadelphie, il vous suffit de prendre le train jusqu'à Boston, puis d'utiliser la ligne de Cleveland pour vous rendre à l'endroit où a été fabriqué ce papier d'acier. Vous pourriez même faire ce trajet par la route vers le nord-ouest, car la distance à parcourir ne doit pas dépasser quelques centaines de kilomètres. Comparé aux voyages que vous avez faits jusqu'ici, c'est la porte à côté. Cependant, vous préférez ménager votre corps et surtout votre jambe, qui commence à donner des signes de fatigue.

Pour la première fois depuis le début de votre enquête, vous avez découvert une machine construite par le Malin qui ne fait pas partie des romans de Jules Verne – du moins de ceux qui ont été publiés.

L'idée de saboter l'*Albatros* vous vient à l'esprit, mais vous l'abandonnez aussitôt : les ressources du Malin étant infinies, il serait capable de reconstruire le même engin en un temps record. Il vous faut donc, encore une fois, poursuivre votre enquête.

UNE RENCONTRE EXPLOSIVE

C'est donc par le train que vous avez gagné votre destination. Titusville, bien que de taille modeste comparée à Philadelphie ou New York, est une agglomération en pleine expansion, parfaitement desservie par le réseau ferroviaire. Pourquoi ? Parce qu'on y trouve du pétrole ! C'est en effet à cet endroit, situé sur les rives d'Oil Creek, qu'un certain Edwin Drake, surnommé « le colonel », fut le premier à extraire, en 1859, une nappe souterraine de pétrole.

Rapidement, la technologie du derrick qu'il a mise en place a été généralisée. Les fûts d'or noir ont d'abord été convoyés par les routes et les rivières, mais leur volume ne cessant de croître, il fallut rapidement construire une voie ferrée pour rejoindre les grandes lignes transcontinentales. En six ans, des pipelines virent le jour pour desservir directement les gares. Cette opulence pétrolière locale entraîna une industrialisation massive de la région : en 1868, il existait déjà huit raffineries.

Parallèlement, une industrie sidérurgique se développa pour répondre aux besoins des forages. La population de Titusville passa de 250 habitants à 10 000 en une seule journée. Comme le pétrole, l'argent coulait à flots. Le premier millionnaire du pétrole, un citoyen de Titusville du nom de Jonathan Watson, était le propriétaire du terrain où Drake avait effectué son premier forage. En 1875, il y avait 27 raffineries dans le secteur et cette manne attira inévitablement des convoitises. La Standard Oil Company força les propriétaires à céder leurs terrains en provoquant un blocus du chemin de fer. Son dirigeant, un certain John Rockefeller, est aujourd'hui à la tête d'un véritable empire pétrolier.

Mais ce n'est pas le pétrole qui vous a amené ici. Ce qui vous intéresse avant tout, c'est le papier – et donc le bois dont il est issu. Même si elles sont désormais minoritaires face aux derricks, les scieries et les usines de transformation du bois sont nombreuses à Titusville. Celle que vous recherchez se nomme « Oil Creek Papers ». Vous demandez à des passants où elle se trouve. Comme elle est excentrée par rapport au centre-ville et que votre jambe vous fait souffrir, vous louez un cheval pour vous y rendre.

Lorsque vous arrivez devant l'usine, vous ne remarquez rien d'anormal. Des montagnes de branchages et de sciure sont entreposées d'un côté du bâtiment et d'énormes cylindres de papier sont stockés de l'autre.

Vous vous présentez à l'accueil et demandez à visiter les lieux en prétextant vouloir monter une usine du même type en France. Le directeur, visiblement honoré de votre intérêt pour son entreprise, vous guide volontiers pour cette visite. Il vous explique que le bois est râpé et meulé à l'aide de grosses machines, puis traité avec des produits chimiques – secrets – afin d'en extraire les fibres cellulosiques. La pâte ainsi obtenue est ensuite déposée sur une table animée de mouvements alternatifs, puis pressée et séchée grâce à des rouleaux métalliques. Enfin, le papier est enroulé en grosses bobines, prêtes à être livrées.

L'*Albatros* a été construit avec un matériau constitué d'un astucieux empilage de feuilles qui proviennent de cet endroit. Il est donc probable que ce directeur connaisse le Malin. Après avoir sympathisé avec lui, vous le jugez suffisamment ouvert pour lui poser des questions plus directes :

– Avez-vous déjà fabriqué des plaques très solides faites d'un empilage de papier ?

– Heu… oui, ça m'est arrivé une fois, pour une grosse commande qui ne s'est jamais reproduite. Je me rappelle que le système de collage était particulièrement délicat à mettre au point.

– Comment s'appelle ce client ?

– Si mes souvenirs sont bons, McGrath ou quelque chose comme ça.

– Un borgne, n'est-ce pas ?

– C'est exact, et il toussait beaucoup. Vous le connaissez ?

– Oui, heu… Disons que nous avons des centres d'intérêt communs. Cet homme était-il seul ?

– Quand il est venu passer sa commande, oui, mais à la réception, il était accompagné d'un homme très élégant.

– Quel est son nom ?

– Robur, je crois. Hum, c'est amusant.

– Quoi, ce nom ?

– Non, c'est amusant que vous me posiez des questions sur cet homme. Je l'ai justement vu ce matin près du forage de Drake avec un drôle de véhicule qui faisait beaucoup de bruit.

– Vous parlez du premier derrick de Titusville ?

– Oui, c'est bien ça.

Vous tenez là une information de premier ordre. Ce Robur peut tout à fait être la personne qui a signé le télégramme envoyé à McGrath. Il s'agit donc du Malin, et cela signifie qu'il se trouve tout près d'ici. Vous le tenez peut-être, enfin…

Vous remerciez le directeur et lui donnez même quelques dollars pour la peine qu'il s'est donnée. Vous prenez ensuite la direction des champs pétrolifères. En ce début de soirée, une épaisse brume est tombée le long d'Oil Creek. Autour de vous, d'innombrables derricks se dressent tels des fantômes immobiles ; le bruit lancinant des pompes à pétrole résonne tout autour de vous. Ce n'est qu'au prix d'une intense concentration que vous évitez de vous perdre dans cette forêt métallique. Lorsque vous apercevez enfin le derrick que vous a indiqué le patron de l'usine, il n'est qu'à quelques mètres de vous. Monté à l'intérieur d'une cabane en bois avec laquelle il fait corps, il ressemble à une botte géante. Vous mettez pied à terre, laissez votre cheval à l'écart et approchez de l'édifice. Un étrange son répétitif semblable à celui d'un moteur à explosion se fait entendre.

Tout à coup, vous apercevez du mouvement à l'intérieur de l'édifice. Quelqu'un s'y trouve. Vous regardez discrètement par une petite fenêtre et voyez un homme portant un élégant costume noir s'affairer avec un bidon. Il vous tourne le dos, et vous ne parvenez pas à voir son visage. Peu importe, vous êtes convaincu qu'il s'agit de Robur. Qui oserait en effet porter un costume si luxueux dans un endroit pareil ?

Revolver en main, vous contournez lentement la cabane pour ne pas être repéré. Soudain, vous entendez un hennissement. Quelle malchance, votre cheval risque de gâcher l'effet de surprise ! Tant pis, vous contournez brusquement l'angle de bâtiment et découvrez un étrange véhicule à trois roues. C'est une automobile. On vous a déjà parlé d'un tel engin, qui s'appelle Benz Patent-Motorwagen Nummer 1, dont le châssis est lié à un moteur à explosion et qui peut atteindre 20 kilomètres à l'heure en vitesse de pointe. Bien que surpris de trouver là une telle machine de haute technologie, vous n'en restez pas moins focalisé sur votre objectif. Vous approchez de la porte et entrez précipitamment en pointant le canon de votre arme droit devant vous. La cabane est vide. Vous apercevez au loin le derrick dont l'axe de forage plonge dans le sol. Des bidons servant certainement de combustible au véhicule sont entreposés dans un coin. Tout à coup : VLAN !

La porte se referme dans votre dos. La serrure se verrouille et une voix sarcastique déclare :

– Il vous en a fallu du temps pour me trouver, inspecteur !

– Laissez-moi sortir, Robur ! vociférez-vous.

– Désolé mais j'ai à faire. Sachez que je m'amuse beaucoup de vous savoir sur mes traces depuis des mois. Je suis bon joueur. Je vous ai laissé un indice qui vous permettra peut-être de me retrouver ailleurs, mais je vous conseille de faire vite et de ne surtout pas vous tromper.

Ulcéré par cette provocation, vous donnez un grand coup d'épaule dans la porte.

BAM !

– Au revoir, inspecteur, ou plutôt adieu !

Vous entendez l'automobile s'éloigner en pétaradant. Le Malin était là, à votre portée, et vous vous êtes laissé piéger comme un débutant. Vous examinez l'intérieur de la cabane pour trouver un moyen d'en sortir. Tout à coup, vous voyez des bâtons de dynamite. Il y a une bombe dans le derrick !

Vous devez la désamorcer au plus vite. Elle est munie d'un détonateur électrique à retardement qui semble particulièrement complexe. Des lettres correspondant vraisemblablement à l'indice que Robur a évoqué sont inscrites sur les bâtons d'explosifs, et à leur base se trouve un boîtier en bois dont vous ouvrez délicatement le couvercle. À l'intérieur, vous découvrez un système d'engrenages, de courroies, de crémaillères coulissantes et de contacteurs rouges et verts. Cinq petites manettes dépassent de l'ensemble. En les actionnant du côté permettant d'enclencher les boutons verts, vous devriez pouvoir neutraliser la bombe.

NEUTRALISEZ LA BOMBE ET TROUVEZ L'INDICE LAISSÉ PAR ROBUR.

NE TOURNEZ PAS LA PAGE !

Pour pouvoir lire la suite de ce chapitre,
vous devez d'abord résoudre cette énigme !

Vous poussez un grand soupir de soulagement lorsque le tic-tac du détonateur cesse. Il s'en est fallu de peu pour que votre vie ne s'achève ici. Avec cette quantité de dynamite et le pétrole présent dans les parages, l'explosion aurait été épouvantable et aurait sûrement fait de nombreuses victimes.

Cette menace écartée et votre calme recouvré, vous essayez d'ouvrir la porte. Avec les outils de crochetage subtilisés dans le bureau de Lestrade, vous déverrouillez la serrure. Une fois dehors, vous constatez que le brouillard est toujours aussi dense. Robur a disparu ; il est déjà loin.

L'indice qu'il vous a laissé va-t-il vous conduire dans un piège ? Il semble s'amuser de se savoir poursuivi. C'est une mauvaise nouvelle, car l'avantage que vous pensiez avoir en enquêtant discrètement sur lui est réduit à néant. L'outrecuidance de Robur est peut-être son point faible ; si c'est le cas, il est maintenant temps de l'exploiter !

LA PÉPITE DE L'AMAZONE

Belém, 20 novembre 1886.

Belém est le seul indice dont vous disposiez pour retrouver Robur. Cette ville est située au Brésil, non loin de l'embouchure du fleuve Amazone. Cette destination ne vous a pas surpris : dans le roman *La Jangada*, Joam Garral et sa famille péruvienne descendent le cours de l'Amazone sur un gigantesque radeau afin de marier leur fille dans cette ville.

Votre voyage vers l'équateur a été relativement long et compliqué. Vous avez d'abord pris un train qui vous a conduit à Boston. De là, vous avez embarqué à bord d'un paquebot à vapeur qui a longé la côte orientale des États-Unis et a fait escale à Jacksonville, où vous êtes descendu. Il vous a fallu plusieurs jours pour trouver un moyen de locomotion pour vous rapprocher du Brésil. Après d'âpres négociations, vous êtes finalement parvenu à trouver un bateau marchand qui vous a conduit à Cancún. Logé dans une cabine exiguë et inconfortable, vous avez trouvé le temps très long.

Arrivé au Mexique, vous avez offert une somme importante à un mystérieux capitaine pour qu'il vous fasse traverser la mer des Caraïbes. Son voilier mal entretenu et plutôt lent a été une proie facile que des flibustiers n'ont pas manqué de repérer alors qu'il passait au large de la Jamaïque. Il s'en est fallu d'un cheveu pour qu'ils ne vous abordent. Par chance, un navire de guerre français les a fait fuir au dernier moment. C'est à Caracas que vous avez débarqué, heureux de retrouver la terre ferme. Ensuite, un autre navire marchand vous a permis d'atteindre Cayenne, ville française.

Votre voyage vers Belém a ensuite pris presque une semaine et a été très instructif. Vous l'avez effectué à bord du navire militaire qui avait empêché l'attaque des flibustiers. Cet heureux hasard vous a permis de sympathiser avec Auguste Boué de Lapeyrère, le capitaine. Comme vous, les écrits de Jules Verne lui ont donné le goût des voyages. Il vous a d'ailleurs montré le tout dernier livre de votre auteur fétiche. Son titre vous a sidéré : *Robur le Conquérant*.

En plus de ses nombreuses fausses identités, le Malin a donc pris le nom d'un des personnages de Verne. Vous avez lu ce roman d'anticipation d'une traite. Il raconte l'histoire de Robur, un ingénieur sans nationalité qui, par certains côtés, vous rappelle le capitaine Nemo. Cet homme défie les ballonistes, partisans de la théorie du « plus léger que l'air », avec une machine plus lourde que l'air. Pour prouver la supériorité de son invention, il les enlève et les fait voler à bord de son *Albatros*. Cette énorme machine volante aux allures de bateau à hélices est la copie conforme de celle que vous avez vue à Philadelphie.

Le livre venant tout juste d'être publié, vous en déduisez que le Malin a eu accès aux notes et aux brouillons de Jules Verne. Cela signifie qu'il est entré dans le cabinet de travail du maître. Les inquiétudes de Verne sont pertinentes : il est épié par un fou qui s'abreuve de ses idées pour construire des machines mortelles et préparer une guerre absurde.

À Belém, votre enquête s'apparente désormais à une course-poursuite. Vous débarquez sous une pluie torrentielle. Dans cette région du monde au climat équatorial, les précipitations sont fortes et atteignent généralement leur apogée aux équinoxes.

Vous parcourez les rues de Belém, dont le nom correspond au mot portugais pour Bethléem, l'endroit où serait né Jésus de Nazareth. La ville est constituée d'une multitude de petits îlots qui forment un véritable labyrinthe fluvial. Une rencontre avec un homme parlant le français, prénommé Luis, vous offre une source d'informations providentielle.

Vous lui dites que vous êtes à la recherche d'un énorme radeau : la machine du roman *La Jangada*. Il déclare avoir vu ce radeau, mais il ne s'en est jamais approché car ses occupants ont la gâchette facile. Selon lui, le radeau navigue la plupart du temps sur le fleuve Amazone, mais fait régulièrement escale entre les îlots de Belém. Vous louez une barque et, grâce aux précieuses indications de Luis, vous ramez vers l'endroit où vous avez le plus de chances de trouver ce que vous cherchez.

Après de longues heures de recherches sous des trombes d'eau et au prix de quelques frayeurs causées par des caïmans un peu trop curieux, vos efforts sont récompensés. Au détour d'un îlot, vous découvrez le radeau. Il est immense et, comme la jangada du roman, pourrait accueillir tout un village. Vous restez sous le couvert de la végétation afin de ne pas être repéré et observez l'impressionnante embarcation. Il semble qu'elle comporte une sorte de dragage mobile composé de tapis à godets, de cuves de décantation et de petits bâtiments dont le contenu reste énigmatique. Des bruits de moteur et la présence de cheminées vous indiquent que le radeau est propulsé à la vapeur. Des mitrailleuses Gatling sont disposées sur les bords et les hommes qui l'occupent portent tous des fusils en bandoulière. Que peut-on embarquer sur ce radeau pour justifier un tel système de défense ?

Vous restez camouflé, attendant patiemment une opportunité pour approcher le radeau. La pluie cesse et les nuages se déchirent. La nuit venue, la lune diffuse une lueur blafarde sur le fleuve. Tout à coup, un objet émerge de l'eau. C'est le *Nautilus*, le sous-marin que vous avez vu au Stromboli ! Une trappe s'ouvre et des hommes en sortent. Des caisses sont alors transbordées du radeau vers le sous-marin. Vous apercevez le Malin, qui supervise le travail. L'opération ne dure pas longtemps et le *Nautilus* disparaît rapidement dans les eaux du fleuve. Qu'a-t-il emporté ? Où va-t-il ?

Vous remarquez que les occupants du radeau sont beaucoup moins tendus qu'avant le transbordement. Ils se mettent même à manger et à boire. Profitant d'un moment d'obscurité, vous vous risquez à sortir de votre cachette et ramez discrètement jusqu'au radeau. Vous l'abordez à l'endroit même où se trouvait le sous-marin. Une fois à bord, vous observez de plus près les nombreuses machines. Ce sont des systèmes permettant de draguer le fond des rivières, mais vous constatez également la présence de nombreux tamis très fins.

Vous commencez à fouiller discrètement la cabine. De temps à autre, les rires des hommes armés qui sont en train de festoyer juste à côté vous donnent des sueurs froides. Tout à coup, vous repérez une feuille de papier roulée en boule sur le plancher. Vous la ramassez et la déroulez. À l'intérieur, vous trouvez une pépite d'or et un message vous étant de toute évidence destiné.

Trop tard, inspecteur !

En voyant mon or mais en laissant filer le Nautilus,
vous n'avez fait que la moitié du travail.
Je fais donc faire de même et vous offrir
un demi-indice reflétant votre incompétence.
Comme je vous l'ai dit à Titusville, je suis bon joueur.
Je vous offre donc ce modeste présent
qui compensera votre médiocrité.
À bientôt, ailleurs !

Robur.

NE TOURNEZ PAS LA PAGE !

Pour pouvoir lire la suite de ce chapitre,
vous devez d'abord résoudre cette énigme !

Ce gigantesque radeau est une véritable mine d'or mobile ! Avec son sous-marin, le Malin est venu ramasser son magot pour l'amener en lieu sûr. Ce scélérat profite de la richesse aurifère des rivières amazoniennes pour amasser une véritable fortune. Le Malin ne dépend donc pas seulement des subventions de l'entourage du sultan d'Aceh ; il a trouvé un moyen de financer lui-même ses incroyables projets en pillant la région amazonienne.

L'indice qu'il vous a laissé correspondant à la ville de Nantes, votre prochaine destination sera donc la France. Cela fait des mois que vous n'y avez pas mis les pieds, et ce retour au bercail ne vous fera certainement pas de mal ; la chaleur et l'humidité qui règnent ici commencent à vous fatiguer.

SUR LES TRACES DU JEUNE VERNE

Nantes, 7 décembre 1886.

Grâce au capitaine Lapeyrère, c'est à bord d'un navire militaire français que vous avez regagné la France. La traversée s'est faite sans histoire ; en deux semaines, le bateau a rejoint le port de Saint-Nazaire. Vous avez alors pris un fiacre pour Nantes.

C'est la première fois que vous venez dans cette ville, dont le port a longtemps été l'un des points clés du commerce triangulaire. La ville s'est aujourd'hui industrialisée : grâce à son port et à sa production agricole régionale, Nantes s'est spécialisée dans l'industrie alimentaire, le textile, le raffinage du sucre, les engrais phosphatés et même l'armement. Son tramway, qui fonctionne à l'air comprimé, une invention de Louis Mékarski, est d'ailleurs le premier du pays !

Nantes a une autre particularité : c'est la ville natale de Jules Verne. Vous débutez donc votre investigation en vous rendant à l'hôtel de ville. Grâce à votre carte de police, vous accédez facilement aux registres municipaux et trouvez rapidement la trace de votre auteur préféré, ainsi que de sa famille.

Prénommé Jules Gabriel, l'illustre homme est né le 8 février 1828 dans la maison de sa grand-mère maternelle, sur l'île Feydeau située au cœur de la ville. Il a donc aujourd'hui cinquante-huit ans. Son père, Pierre Verne, est un juriste originaire de Provins. Sa mère, Sophie Allotte de la Fuÿe, est issue d'une famille nantaise de navigateurs et d'armateurs d'ascendance écossaise. Jules Verne est l'aîné d'une fratrie de cinq enfants. Il a un frère, Paul, marin et également écrivain, et trois sœurs qui se prénomment Anne, Mathilde et Marie. Vous trouvez la trace d'un premier déménagement en 1829, puis d'un autre en 1840, près du port.

Jules Verne à étudié au collège catholique Saint-Stanislas. Vous voyez d'ailleurs apparaître son nom au palmarès de l'établissement :

- premier accessit de mémoire et deuxième accessit de géographie en septième ;
- premier accessit de thème grec, deuxième accessit de version grecque et troisième accessit de géographie en sixième ;
- premier accessit de version latine en cinquième.

Pour couronner le tout, il semble qu'il ait également brillé en musique. Il ne fait donc aucun doute que, très jeune, Jules Verne avait des prédispositions pour la littérature et un goût certain pour la géographie. Tout cela préfigurait la carrière d'écrivain que l'on lui connaît aujourd'hui. Mais ces éléments montrent aussi qu'il n'a pas vraiment un profil scientifique. Il doit donc énormément se documenter pour parvenir à décrire avec tant de détails et de réalisme les incroyables machines qu'il imagine.

Vous retrouvez ensuite sa trace comme pensionnaire du petit séminaire de Saint-Donatien, où il est resté de la quatrième à la seconde.

Dans des registres cadastraux, vous voyez apparaître le nom des Verne pour l'acquisition d'une villa à Chantenay, à l'ouest de Nantes. Dans une autre commune, vous découvrez la trace d'une propriété appartenant à Prudent Allotte de la Fuÿe, le grand-oncle de Jules Verne. Cet homme, ancien armateur et grand voyageur, a probablement inspiré et influencé le jeune Verne.

Vous vous repenchez sur la scolarité de l'auteur et le retrouvez dans les archives du lycée Royal, où il a obtenu son baccalauréat avec mention « assez bien » en 1846. Vous perdez ensuite sa trace après son départ à Paris, où il a suivi des études supérieures.

Après avoir passé des heures à consulter les archives, vous en arrivez à une conclusion décevante : vous avez appris beaucoup de choses sur Jules Verne, mais absolument rien sur le Malin. Vous décidez donc de changer de stratégie et quittez l'hôtel de ville pour parcourir les rues de Nantes. Ne sachant pas vraiment par où commencer, vous concentrez vos recherches dans les quartiers où l'auteur a passé sa jeunesse. À force d'interroger les passants et de frapper aux portes sur le quai Jean-Bart, vous parvenez à apprendre quelques anecdotes intéressantes.

De vieilles dames assises sur un banc vous révèlent par exemple qu'étant tout jeune, Jules a voulu s'embarquer comme mousse pour rapporter un collier de corail à sa cousine, Caroline Tronson, dont il était amoureux. L'expression amusée des vieilles dames vous fait douter de ce fait, mais vous le trouvez néanmoins original. Cependant, lorsqu'un commerçant vous apprend qu'après l'obtention de son baccalauréat, Jules Verne a été forcé d'aller à Paris car son père voulait l'éloigner de Nantes et surtout de sa cousine, vous accordez plus de crédit aux racontars des vieilles dames.

Vous apprenez par ailleurs que Jules Verne n'est resté que peu de temps à Paris, où il a passé une année à étudier le droit. Il est ensuite revenu à Nantes et a eu un coup de foudre pour une femme nommée Rose Herminie Arnault de La Grossetière. Malheureusement, cette dernière fut contrainte d'épouser un riche propriétaire nommé Armand Terrien de La Haye, ce qui rendit Jules Verne fou de rage.

Vous apprenez que sa rencontre avec son épouse Honorine remonte à 1856. Il est tombé sous le charme de cette jeune veuve et mère de deux enfants, Louise et Suzanne, à l'occasion du mariage d'un ami qui se déroulait à Amiens. Vous comprenez donc que seul son fils cadet, Michel, est de lui.

Il ne s'est finalement établi à Amiens qu'il y a une quinzaine d'années, où il vit toujours avec Honorine et leurs trois enfants.

Vous décidez de vous rendre sur l'île Feydeau, rue Olivier-de-Cuisson. Les actuels propriétaires sont déjà rentrés chez eux lorsque vous arrivez devant la maison où est né l'auteur. Vous hésitez à frapper aux portes ; les déranger à l'heure du repas serait plutôt impoli.

Soudain, vous apercevez une étrange inscription tracée à la craie au pied du mur de la maison. Comme ses lignes ne sont pas délavées par la pluie ou les embruns, vous en concluez qu'elle est très récente. Serait-ce un nouveau message du Malin ?

NE TOURNEZ PAS LA PAGE !

Pour pouvoir lire la suite de ce chapitre,
vous devez d'abord résoudre cette énigme !

Il est clair que le Malin vous nargue. Non seulement il sait depuis longtemps que vous le poursuivez, mais il joue en prime avec vos nerfs en vous laissant des messages codés et moqueurs.

Cette fois, il vous annonce que l'or pillé en Amazonie est en lieu sûr, à la City, au cœur de Londres. Il ne vous reste donc plus qu'à faire vos bagages et à vous rendre en Angleterre le plus rapidement possible.

Vous tournez les talons et prenez la direction du centre-ville pour y passer la nuit avant de repartir. Perdu dans vos pensées, vous ne remarquez pas une silhouette qui vous observe dans l'ombre…

BONNE ET MAUVAISE FORTUNE

Vous sursautez lorsqu'un homme, surgi des quais de la Loire, s'approche de vous. Vous êtes sûr de ne jamais l'avoir vu et, pourtant, il semble vous connaître.

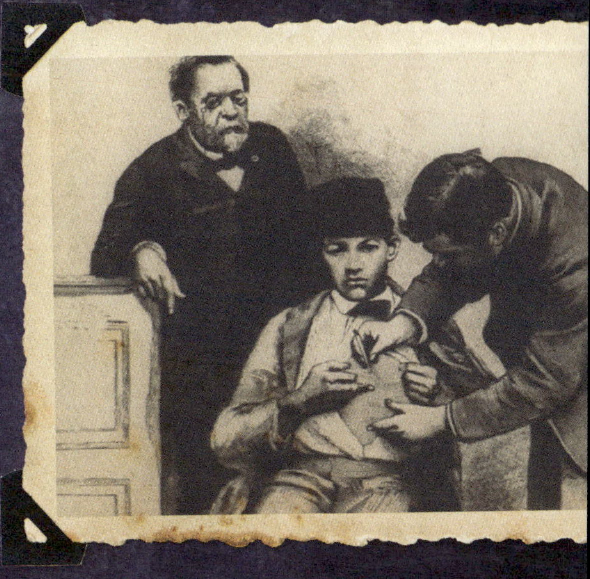

Il ne vous faut toutefois que quelques instants pour comprendre de qui il s'agit lorsque vous entendez son nom : le docteur Sarrasin. Pas François, comme dans *Les Cinq Cents Millions de la Bégum*, mais René, celui qui a caché un message dans la doublure de la couverture des livres de comptes de la cité de l'acier, au Cap Arago ! Vous allez enfin pouvoir en apprendre plus sur les agissements du Malin ; impatient et intrigué, vous encouragez le docteur Sarrasin à vous faire le récit de ses aventures.

« Tout a commencé au cours de l'une de mes missions en Afrique. Médecin généraliste de formation, je me suis spécialisé dans la psychiatrie. J'ai beaucoup voyagé, notamment pour prendre en charge les soldats supportant difficilement les violences que la guerre leur imposait de commettre. Puis, un jour, j'ai été approché par un certain Armand Boutefeu – ce nom doit déjà vous être familier.

Fasciné par cet homme qui me disait vouloir œuvrer pour la paix, je l'ai suivi jusque sur la côte occidentale de l'Oregon, où il projetait de bâtir une immense cité industrielle.

Mon poste consistait à soigner les travailleurs qui souffraient de fréquentes blessures, et j'en étais très satisfait. J'étais bien loin de suspecter qu'Armand puisse employer son temps – et le mien – à la construction d'une gigantesque usine d'armement.

Armand était mon ami. Connaissant ma véritable spécialité, il m'a peu à peu confié des patients souffrant de troubles mentaux. Grâce à toutes les ressources financières et techniques dont je disposais, j'ai pu soigner la plupart d'entre eux. Mais, de fil en aiguille, Armand m'a incité à travailler sur le contrôle de la volonté. Avec des produits chimiques savamment préparés, je suis parvenu à faire dormir des insomniaques, travailler des tire-au-flanc et même susciter l'amour quand il n'existait pas. Je l'avoue aujourd'hui avec honte : ces découvertes me passionnaient, et je n'ai pas réfléchi aux conséquences éthiques et morales qu'elles impliquaient.

Il y a dix mois de cela, Armand m'a envoyé à Amiens pour instrumentaliser Gaston Verne afin qu'il tue son oncle. Ce fut le déclic. Je m'en suis longuement voulu de ne pas avoir décelé la folie destructrice qui habitait Armand Boutefeu plus tôt. Mais je savais que si je refusais, ce scélérat trouverait un autre moyen de parvenir à ses fins. Je suis donc parti comme convenu ; j'ai rencontré Gaston à Blois, où il était en résidence surveillée, et je l'ai préparé à attaquer son oncle selon les méthodes que j'avais développées à Stahlstadt.

J'ai fait en sorte que mon patient soit, inconsciemment, incapable de tuer. C'était risqué, mais le résultat a été à la hauteur de mes espérances, puisque M. Verne n'a été que légèrement blessé. Je me suis depuis évertué à disparaître de la circulation, par peur des représailles de mon ancien employeur et ami.

Ce n'est qu'il y a quelques jours que j'ai eu vent de votre investigation, de la bouche même de Jules Verne. M. Verne m'a reçu un soir en toute discrétion, et nous avons passé la nuit à discuter. Il m'a semblé très inquiet de ne pas avoir eu de vos nouvelles depuis des mois.

M. Verne m'a ensuite envoyé à Nantes pour vérifier si le Malin, comme il s'attache à le nommer, ne préparait pas encore un mauvais coup. J'ai passé quelques jours à parcourir les rues nantaises en quête de renseignements. Quelle ne fut pas ma terreur en apercevant le Malin rôder autour de la maison que nous venons à peine de quitter ! Je me suis précipitamment caché derrière un muret et l'ai vu dessiner une grille remplie de lettres. Je ne doutais pas de vous voir, tôt ou tard, arriver en ce lieu ; j'ai attendu ici et vous connaissez la suite de l'histoire. Il ne tient qu'à vous de la terminer et de mettre, enfin, un terme aux agissements du Malin. »

Ces derniers mots du docteur Sarrasin vous rappellent que vous devez rapidement vous rendre à la City si vous voulez avoir une chance d'attraper votre ennemi. Vous proposez à Sarrasin de vous accompagner à Londres, mais il refuse, craignant pour sa vie. Vous promettez de le recontacter dès que son ancien patron sera mis hors d'état de nuire. En le quittant à la gare de l'État, vous lui demandez de retourner voir Jules Verne pour le rassurer sur l'avancement de votre investigation.

Vous partez avec le sentiment d'entrevoir enfin le bout de cette extraordinaire enquête. Vous rejoignez Londres par le train et le bateau. Lorsque le fiacre vous dépose au cœur de la City, vous entrez directement à la Banque d'Angleterre, car c'est le cambriolage de cet établissement qui provoque la poursuite de Phileas Fogg par l'inspecteur Fix dans *Le Tour du monde en quatre-vingts jours*. Vous êtes maintenant trop habitué aux étroites relations entre les activités du Malin et les livres de Verne pour envisager une autre solution. Par ailleurs, c'est l'endroit idéal pour mettre à l'abri sa fortune, la Banque d'Angleterre étant le lieu de dépôt des réserves d'or pour toute la Grande-Bretagne et pour de nombreux gouvernements. La salle des coffres est située sous la City, dans des étages souterrains tenus secrets. On raconte même que cette banque renferme la plus importante réserve d'or au monde.

Vous demandez à parler au directeur, qui vous reçoit dans son luxueux bureau. Après vous être présenté en tant que policier français coopérant avec la Metropolitan Police dans une affaire de blanchiment d'argent, vous demandez à voir la liste des possesseurs de coffres. Frank May, le chief cashier de l'établissement, vous explique poliment mais fermement que sa banque est un établissement respectable qui garantit l'anonymat de ses clients. Impossible donc de vous montrer cette liste. Vous insistez, avançant des arguments convaincants, mais la position du banquier ne dévie pas d'un pouce. Finalement, après une heure de palabres et deux tasses de thé, vous parvenez à obtenir le droit de consulter une liste contenant les initiales des clients de la Banque d'Angleterre et de leurs lieux de résidence. Vous examinez la feuille de papier que Frank May vous tend en précisant qu'elle n'est consultable que dans son bureau.

Avec ces initiales et ces noms de villes, difficile de retrouver le coffre-fort du Malin – d'autant qu'il possède de nombreuses identités.

TROUVEZ LE COFFRE UTILISÉ PAR LE MALIN ET IDENTIFIEZ LA VILLE ASSOCIÉE.

BANK OF ENGLAND

CUSTOMER	CITY	SAFE-CHAMBER
D.C.	LONDON	01
W.W.	COVENTRY	02
J.V.	AMIENS	03
L.H.	PANAMA	04
P.N.J.	CARDIFF	05
B.F.	BORDEAUX	06
I.S.	PLYMOUTH	07
A.B.I.	MADRID	08
J.F.	PARIS	09
M.B.	SAN FRANCISCO	10
E.E	LONDON	11
T.P.	LIVERPOOL	12
O.W.	DOVER	13
A.M	BRISTOL	14
A.B.	MUNICH	15
G.P.	GLASGOW	16
B.N.	NEW YORK	17
G.C.	WASHINGTON	18
L.P.	LISBON	19
L.J.H.	MONTE-CARLO	20
J.E.	TAMPA	21
A.P.	LONDON	22
H.F.	LEEDS	23
E.S.	GALWAY	24
D.P.M	EDINBURGH	25

CUSTOMER	CITY	SAFE-CHAMBER
A.S.	LONDON	26
A.B.	CARDIFF	27
H.E.	DÜSSELDORF	28
A.A.	LONDON	29
S.F.	BEIJING	30
A.C.D.	LONDON	31
F.F.	MANCHESTER	32
V.A.	CALCUTTA	33
E.P.	LONDON	34
Y.W.	CORK	35
R.B.	PHILADELPHIA	36
A.B.	PARIS	37
N.N.	DALLAS	38
G.S.	LIVERPOOL	39
S.A.	SOUTHAMPTON	40
E.Z	BONN	41
G.E.	PARIS	42
C.D.	CAIRO	43
T.K.	TOKYO	44
K.M.G	NOTTINGHAM	45
A.D.	PARIS	46
L.P.	VANCOUVER	47
M.W.	LONDON	48
M.D.S.	KOTA RADJA	49
W.S.L.	PROVIDENCE	50

NE TOURNEZ PAS LA PAGE !

Pour pouvoir lire la suite de ce chapitre, vous devez d'abord résoudre cette énigme !

Parmi toutes les identités du Malin, seule celle du Français Armand Boutefeu, le nom sous lequel il se présente quand il est à Londres, correspond au « A.B. » résidant à Paris de la liste. Il y a donc toutes les chances pour que l'or de ce criminel soit enfermé dans le coffre numéro 37 de la Banque d'Angleterre.

Satisfait de cette visite, vous remerciez M. May et quittez la banque. Avant de partir vers Paris, vous faites un détour par le Reform Club. Boutefeu y ayant ses habitudes, il se pourrait qu'il y soit allé.

Là-bas, vous tombez sur votre ami Arthur Conan Doyle. Ravi de vous revoir, il vous annonce avoir terminé son livre, *A Study in Scarlet*, et prédit qu'il sera publié dans le courant de l'année prochaine chez Ward Lock & Co. Tout en partageant un Queen Anne, un mélange de thés d'Assam et de Ceylan particulièrement savoureux, vous vous laissez aller à quelques jeux d'énigmes. Vous battez votre ami à plate couture et il reconnaît, non sans quelques difficultés, que vous avez beaucoup progressé depuis votre dernière partie. Il vous promet toutefois une belle revanche pour votre prochaine rencontre et vous conseille de prévoir quelques liasses de livres sterling avant de pousser à nouveau la porte du Reform Club. Il précise également qu'il vous réservera un exemplaire dédicacé de son livre en guise de lot de consolation.

L'ASSOCIATION PROVIDENTIELLE

Paris, 17 décembre 1886.

Paris est une très grande ville et vous n'avez pas d'idée précise de l'endroit où vous devez poursuivre votre investigation, mais vous faites confiance à votre flair. Arrivé à la gare du Nord, vous descendez du wagon pour vous rendre au commissariat, où vos collègues doivent se poser des questions à votre sujet. Heureusement, avant de quitter Nantes, vous avez envoyé une lettre à votre supérieur pour lui expliquer que vous étiez sur une enquête confidentielle et de longue durée, mais que vous passeriez le voir d'ici peu.

Soudain, vous apercevez un homme dont le visage vous est vaguement familier. Il vous faut quelques instants avant de le reconnaître. C'est l'homme qui est entré avec le médecin dans la chambre de Pierre-Jules Hetzel, à Monte-Carlo. Persuadé de voir là un signe du destin, vous allez à sa rencontre et l'abordez poliment en vous rappelant à son bon souvenir. Il ne vous reconnaît pas, mais comme il se présente sous le nom de Louis-Jules Hetzel, fils de Pierre-Jules, dont il a repris la maison d'édition, vous vous risquez à lui parler de votre enquête. Il vous prend immédiatement très au sérieux et vous invite à en discuter en toute discrétion dans un café cossu.

Au cours de la discussion, Hetzel vous apprend que Jules Verne a vécu à Paris durant une vingtaine d'années. Malgré le désir de son père de le voir achever ses études de droit et embrasser une carrière de juriste, Jules Verne s'est beaucoup investi dans la littérature et le théâtre. Ses rencontres avec Alexandre Dumas et Pitre-Chevalier l'ont grandement aidé à ses débuts. C'est également à cette époque qu'il a connu Honorine, avec laquelle il s'est marié. Ce n'est qu'après la naissance de leur fils qu'il a commencé à travailler avec Pierre-Jules Hetzel, l'éditeur providentiel qui a réellement lancé sa carrière d'auteur. Vous apprenez également qu'un certain Nadar, avec lequel Jules Verne s'est lié d'amitié, a lui aussi joué un rôle important à ses débuts. En 1863, l'année de publication de *Cinq Semaines en ballon*, cet artiste touche-à-tout a créé avec le romancier Gabriel de La Landelle une association d'aéronautes appelée « Société d'encouragement de la locomotion aérienne au moyen du plus lourd que l'air », dont Verne a été l'un des premiers membres et censeurs.

Y aurait-il un lien entre cette communauté d'aéronautes passionnés et Armand Boutefeu ? Beaucoup de ses réalisations, bien qu'inspirées par Jules Verne, demandent en effet de solides connaissances techniques et scientifiques, notamment l'*Albatros*, cet engin plus lourd que l'air que vous avez découvert à Philadelphie. Désirant vérifier votre hypothèse, vous demandez au jeune Hetzel s'il peut vous introduire auprès des membres de cette association ; il accepte immédiatement.

Deux jours plus tard, vous voilà attablé dans le salon de Félix Tournachon, dit Nadar. Autour de vous ont pris place plusieurs autres membres de l'association : l'ingénieur et numismate Gustave Ponton d'Amécourt, le médecin et inventeur Étienne-Jules Marey, ainsi que le journaliste et économiste Yves Guyot. D'autres membres tels que le cofondateur Gabriel de La Landelle, le célèbre écrivain Victor Hugo ou l'ingénieur Alphonse Pénaud ne sont malheureusement plus de ce monde. Jules Verne est pour sa part toujours à Amiens.

Nadar en aéronaute

Le récit de vos voyages et de vos découvertes passionne d'emblée ce cercle d'initiés. Leur curiosité est telle que vous avez du mal à répondre à leurs questions sur les capacités de ces incroyables machines : se déplacent-elles sur la terre comme la maison à vapeur, le long des rivières comme la jangada, sous l'eau comme le *Nautilus* ou dans l'air comme le *Victoria* et l'*Albatros* ? Vous vous efforcez de leur répondre avec les éléments dont vous disposez, ce qui ne fait que susciter de nouvelles interrogations et accroître leur enthousiasme. Ils vont même jusqu'à projeter de prendre le premier train pour Le Havre afin d'embarquer sur un paquebot transatlantique pour voir le fameux *Albatros*. Vous vous évertuez cependant à calmer leur euphorie en leur rappelant que l'homme derrière tout cela est un criminel très dangereux qu'il est urgent d'arrêter. Vous en venez enfin au sujet qui vous intéresse en priorité : Armand Boutefeu.

Tous se souviennent de cet homme, et Nadar déclare :

– Au début, il était passionné par l'aéronautique, mais il a rapidement montré un état d'esprit très différent du nôtre. Ses motivations n'étaient pas tant de faire progresser la technologie à des fins humanistes que de servir ses propres intérêts.

– Oui, je confirme, intervient Guyot. C'était un égoïste doublé d'un égocentriste. Quoi qu'il en dise, cet homme à l'ambition démesurée ne rêvait pas de voler. Tout ce qu'il convoitait, c'était le pouvoir.

– Qu'est-il advenu ? demandez-vous.

– Nous avons voté et décidé à l'unanimité de le rejeter de notre groupe, répond Marey.

Vous voyez là une explication aux agissements de Boutefeu. Vraisemblablement piqué au vif, il a détourné le fruit de l'imagination de Jules Verne, leur ami proche.

Vous leur demandez de vous aider à retrouver Boutefeu et ils vous indiquent une adresse dans le VIIIe arrondissement.

Connaissant Paris comme votre poche, vous ne mettez pas longtemps pour vous rendre chez Boutefeu. L'adresse que vous ont donnée les aéronautes correspond à un luxueux hôtel particulier. Apparemment, vous allez devoir forcer une nouvelle serrure. Par chance, vous n'avez pas pris le temps de rapporter à l'inspecteur Lestrade les outils de crochetage que vous lui aviez subtilisés à Londres. Vous entrez donc dans le domicile parisien de Boutefeu comme vous l'aviez fait à Clerkenwell : par effraction. Aujourd'hui, vous espérez obtenir un indice qui vous permettra de capturer ce criminel une bonne fois pour toutes.

Comme prévu, les lieux ne sont pas occupés et vous êtes libre de fouiller où bon vous semble. Il règne ici une ambiance feutrée et de grand standing. Tous les meubles, toutes les décorations, tous les objets témoignent d'un train de vie excessif. Il y a des tableaux de maîtres, des œuvres d'ébénisterie magnifiques, une grande collection de pistolets et même un vase Ming rarissime. Vous commencez par fouiller le bureau, mais il ne contient rien d'intéressant. Vous soulevez alors un tableau derrière lequel se trouve un coffre-fort. Son mécanisme à quatre molettes est identique à celui que vous avez ouvert à Londres. Vous tentez donc la même combinaison, « INDE », et la serrure se déverrouille instantanément. À l'intérieur, vous ne découvrez rien. Boutefeu, se sachant suivi et surveillé, a certainement fait le ménage. Ce n'est pas de bon augure pour la suite de votre enquête. Cependant, vous continuez à fouiller minutieusement pièces, meubles, recoins, et soulevez même les tapis. Rien ne semble susceptible de vous mettre sur une quelconque piste.

Tout à coup, alors que vous étiez sur le point d'abandonner, vous apercevez une photographie encadrée et suspendue au dos de la porte d'entrée. Elle semble n'être composée que de rayures, ce que vous trouvez pour le moins étrange et décalé par rapport au reste de la décoration. Cette image cache vraisemblablement quelque chose.

IDENTIFIEZ LE LIEU REPRÉSENTÉ SUR LA PHOTO.

NE TOURNEZ PAS LA PAGE !

Pour pouvoir lire la suite de ce chapitre, vous devez d'abord résoudre cette énigme !

Vous ne reconnaissez pas cette montagne. Toutefois, si Boutefeu a pris la peine de cacher cette image et son nom derrière une illusion d'optique, c'est qu'elle doit avoir une grande importance pour lui. Sur les bases de cette découverte, vous quittez l'hôtel particulier. Devez-vous tout révéler aux autorités en espérant qu'elles feront le nécessaire, ou bien vous faut-il vous lancer à la poursuite du Malin au risque de le voir s'échapper à nouveau ? Vous hésitez longuement avant de prendre une décision. Finalement, vous choisissez la seconde option. Ce dernier indice, une mystérieuse montagne nommée Table-Rock, est certes maigre, mais il a au moins le mérite d'être précis comparé à ceux que vous avez trouvés jusqu'à maintenant.

Vous passez chez un ami dont la bibliothèque déborde d'ouvrages de géographie. Là, vous apprenez que la montagne en question, Table-Rock, se trouve aux États-Unis, plus précisément en Caroline du Nord. Vous hélez ensuite le premier fiacre venu et montez à bord en indiquant au cocher de vous conduire à la gare Saint-Lazare ; de là, vous devriez trouver un train en partance pour Le Havre. Vous deviez passer au commissariat, mais votre supérieur attendra – votre enquête, elle, ne le peut pas.

FACE À L'ÉPOUVANTE

Marion, 30 décembre 1886.

C'est à bord d'un grand paquebot que vous avez gagné la côte est des États-Unis. Débarqué à Washington, vous avez pris le train entre New York et La Nouvelle-Orléans. Vous êtes descendu à Knoxville, dans le Tennessee, et avez gagné la Caroline du Nord par la route. Après une bonne nuit de repos passée à Asheville, vous vous êtes rendu à Marion, une petite commune de moins de 800 âmes.

L'hiver est froid, mais le temps clément vous permet de profiter d'une vue dégagée sur les Blue Ridge Mountains, dont les couleurs pastel offrent un spectacle saisissant. Cette chaîne montagneuse constitue la partie orientale des Appalaches, et l'endroit que vous cherchez à atteindre, Table-Rock, en fait partie. Ce sommet entraperçu sur l'étrange photo du domicile parisien de Boutefeu est maintenant devant vous, en arrière-plan du lac James et à moins de 30 kilomètres à vol d'oiseau. Vous reconnaissez sa silhouette caractéristique. Monté sur le dos d'un cheval que vous venez de louer, vous vous apprêtez à entamer la toute dernière partie de votre voyage.

Après avoir passé une bonne partie de la journée à progresser sur des sentiers escarpés, vous atteignez enfin Table-Rock. Hier soir, alors que vous profitiez d'un repas réconfortant à Asheville, le tenancier de l'établissement vous a raconté que cette montagne était, depuis quelques mois, le siège d'étranges phénomènes. Plusieurs incendies s'y sont déclenchés spontanément, en l'absence de tout phénomène orageux ; des bruits sourds et des grondements s'y sont fait entendre, à tel point que certains pensent qu'un volcan endormi depuis des millénaires est sur le point de se réveiller.

Désormais face à ce mystérieux géant de roche, vous mettez pied à terre et attachez votre cheval à un arbre. L'ascension s'annonce rude : vous allez devoir affronter une pente difficile et enneigée.

Alors que vous vous apprêtez à grimper, un bruit sourd retentit. Venu de nulle part, il résonne interminablement, amplifié par la chaîne montagneuse. Tout à coup, une vive lueur apparaît au sommet de la montagne. Une étrange silhouette en jaillit, tel un obus de canon. Grossissant à vue d'œil, elle ressemble à un oiseau gigantesque, comparable aux créatures volantes que Lidenbrock et ses compagnons ont affrontées sur la mer souterraine lors de leur voyage au centre de la Terre. L'engin fond vers vous aussi vite qu'un rapace et vous vous couchez dans la neige pour éviter qu'il ne vous percute. Passant à vive allure, il reprend de l'altitude et amorce une boucle pour faire demi-tour.

Ne le lâchant pas du regard, vous comprenez que ce n'est pas un monstre préhistorique, mais une incroyable machine volante. La méprise est aisée, car son carénage ovoïde et ses ailes de chiroptère lui donnent une apparence presque vivante ; seules des roues trahissent sa nature mécanique.

Affolé, votre cheval se cabre en hennissant. Vous vous précipitez vers lui pour monter sur la selle et fuir au galop. Vous lâchez la bride et il s'élance sur le sentier avec l'énergie de la peur. Vous vous retournez et voyez la machine qui descend en flèche, atterrit et se met à rouler dans la neige à votre poursuite. Elle vous rattrape. Coincé sur ce sentier aux bordures escarpées, vous vous sentez piégé. Vous dégainez votre revolver mais n'osez pas tirer, de peur de rater votre cible. Inutile de gâcher vos balles ! À quelques mètres, l'engin se cabre, décolle, passe juste au-dessus de votre tête et s'éloigne vers l'horizon.

Une feuille de papier virevolte et se pose sur le chemin, quelques dizaines de mètres plus loin. Vous stoppez votre cheval et descendez de selle pour ramasser le message.

Cher inspecteur,

Je tenais à ce que vous voyiez mon chef-d'œuvre avant de mourir. Je vous félicite de m'avoir trouvé. Vous fûtes un bon adversaire, mais pas suffisamment pour entraver mes projets. Vous en avez été le plus assidu des spectateurs. Il est donc légitime que vous en soyez la première victime.

Nul écrit de Jules Verne ne m'a inspiré cette machine. J'en suis l'auteur, le créateur, l'aéronaute, le pilote et le capitaine. L'air, la terre, l'eau et le feu sont désormais des éléments où je peux évoluer comme bon me semble. Je n'ai plus de limites.

Nous vivons une époque formidable. Les progrès de la science et de l'industrialisation ouvrent les champs de tous les possibles à qui sait en profiter. Je serai le maître d'un monde dont vous ne ferez bientôt plus partie. Rien ne peut plus m'arrêter.

Échappez-vous si vous le pouvez,
mais n'ayez aucun espoir.
Adieu, inspecteur !

Robur.

Boutefeu vous attendait et vous a une nouvelle fois tendu un piège. Cette fois, il ne joue plus. Il est résolu à vous éliminer ; vous en savez désormais beaucoup trop.

Déterminé à ne pas vous laisser faire, vous remontez en selle et repartez au galop. Dans le ciel, l'engin de Boutefeu entame une manœuvre. Il pique droit vers vous, cherchant à vous percuter. Vous profitez d'un élargissement du sentier pour dévier et l'évitez de peu. Le lac James est en vue et vous espérez y trouver un abri. Soudain, vous voyez le monstre mécanique plonger dans l'eau comme une météorite et disparaître de votre vue. Un bref instant, vous croyez à une mauvaise manœuvre de votre adversaire, mais un bouillonnement semblable à celui du kraken qui s'apprête à jaillir des flots vous contredit. La machine réapparaît dans un tourbillon d'écume et se met à voguer sur le lac avec l'aisance et la rapidité d'un dauphin. Vous n'en croyez pas vos yeux. Cet engin est d'une polyvalence totale ! Il peut voler, rouler, plonger, flotter, et tout cela à très grande vitesse. Aucune fumée ni vapeur n'émane de sa structure. Il ne peut donc être mû que par un moteur révolutionnaire fonctionnant à l'électricité.

Sur les berges du lac, vous apercevez un amas de rochers qui peut vous offrir une forteresse de fortune. Après avoir mis pied à terre, vous vous positionnez en pointant votre revolver en direction de l'engin. De toute évidence, Boutefeu veut vous démontrer les formidables capacités de son invention, qui file droit dans votre direction. Vous vous apprêtez à tirer, mais la machine se cabre brutalement et s'élève dans le ciel selon une trajectoire verticale parfaite. Puis elle tournoie, fait des vrilles et des boucles dans tous les sens, pique et replonge dans le lac.

Elle surgit à nouveau de l'eau, reprend de l'altitude, prend des trajectoires aux allures d'arabesques dans le ciel, puis pique de nouveau. Cette fois, elle vient droit vers vous. Sa position éloignée vous laisse le temps de la viser et d'évaluer ses points faibles. Il va falloir tirer juste.

TIREZ INTÉGRALEMENT OU PARTIELLEMENT 6 BALLES POUR OBTENIR UN TOTAL DE 100, PUIS IDENTIFIEZ UN LIEU D'APRÈS LES MOTS ASSOCIÉS AUX ÉLÉMENTS QUE VOUS AUREZ VISÉS.

ROUES	RIDGE
DÉRIVE	HOUSE
AILE GAUCHE	BLACK
AILE DROITE	BLUE
MOTEUR	WHITE
FUSELAGE	HILLS

NE TOURNEZ PAS LA PAGE !

Pour pouvoir lire la suite de ce chapitre, vous devez d'abord résoudre cette énigme !

Vos balles touchent toutes leur cible. La machine, hors de contrôle, part dans une vrille folle en émettant des sons stridents. Elle percute violemment la surface du lac dans un jaillissement d'eau, flotte un bref instant, puis coule lentement et disparaît dans les profondeurs.

Vous restez longtemps le regard rivé sur le point d'impact, redoutant qu'elle ne surgisse à nouveau, mais rien ne se passe. Le soleil va bientôt passer derrière les montagnes bleues dont les ombres s'étendent sur le lac, tel un immense linceul. Boutefeu n'est plus. Il a sombré avec sa machine, victime de sa folie.

Votre cheval, certainement apeuré par ce monstre volant, a disparu. C'est donc à pied que vous retournez à Marion, à la nuit tombante. Le froid est difficile à supporter et la neige rend votre marche extrêmement pénible. Mais, en cet instant, vous seriez capable d'endurer bien plus de souffrances.

Vous avez vaincu le Malin, enfin !

Une aimable famille vous héberge pour la nuit et vous invite même à partager son repas de fête du Nouvel An. Vous passez la soirée et une partie de la nuit à leur raconter vos récents voyages et prenez soin de n'évoquer ni votre profession, ni vos motivations. Vous vous contentez de vous définir comme un globe-trotteur aimant découvrir de nouveaux horizons, ce qui satisfait totalement vos hôtes et rend le réveillon très sympathique. Durant votre sommeil, vous faites des rêves étranges. Vous vous voyez à bord des machines imaginées par Jules Verne, parcourant un monde idéal où la guerre n'existerait pas et où la nature serait seule maîtresse.

BRAVO !

ÉPILOGUE

Le lendemain, vous revenez au lac James dès les premières lueurs de l'aube afin de vérifier une nouvelle fois que Boutefeu ne s'en est pas sorti. Vous passez un long moment à inspecter les berges à la recherche de traces de pas ou de roues, mais vous ne trouvez rien. Rassuré, vous rejoignez finalement Knoxville par la route et prenez un train qui vous mène à Washington en longeant les Appalaches. Dès votre arrivée à la gare, vous prenez un fiacre et demandez au cocher de vous conduire à la Maison-Blanche, la demeure du président Grover Cleveland. Cet homme, connu pour ses positions réformatrices, a également la réputation de combattre l'impérialisme et la corruption politique. Vous espérez qu'il acceptera de vous recevoir. Le Malin a certes disparu, mais ses redoutables machines de guerre et ses mercenaires sont toujours là, tapis dans l'ombre. Vous ne doutez pas que quelqu'un d'autre se prépare à reprendre le flambeau de Boutefeu – c'est justement ce qu'il vous faut empêcher.

Par prudence, vous avez envoyé un télégramme à votre ami du ministère des Affaires étrangères, en lui demandant de prévenir le président Cleveland de votre arrivée. Cette démarche a payé puisque, une fois devant l'entrée de la Maison-Blanche, on vous conduit directement dans le bureau présidentiel.

Grover Cleveland est un homme bien portant à la moustache fournie et au regard clair. Triturant son nœud papillon, il écoute attentivement vos révélations. Après lui avoir brossé le portrait de Boutefeu, vous lui expliquez toutes vos découvertes faites sur le sol américain : la ville-usine du Cap Arago, le camp d'entraînement de Sitka, le canon de Tampa et l'*Albatros* de Philadelphie. Vous lui parlez également de l'éléphant à vapeur de Calcutta, du ballon du lac Victoria, du radeau qui vogue quelque part sur l'Amazone, de la machine au fond du lac James, ainsi que du *Nautilus* qui est on-ne-sait-où et de ses bases cachées dans différents volcans. Enfin, vous évoquez le coffre numéro 37 de la Banque d'Angleterre, où Boutefeu cacherait sa fortune d'or massif.

Cleveland s'avachit dans son fauteuil en prenant la mesure de ce que vous lui révélez. En homme d'État expérimenté, il envisage calmement la marche à suivre. Pour lui, il faut agir rapidement, mais sans précipitation. Il prend donc en note tous les détails que vous pouvez lui donner et s'engage à réunir l'état-major de son armée dans la journée. Il rédige ensuite une lettre destinée à Jules Grévy, le président de la République française, et une autre à l'attention de Robert Gascoyne-Cecil, le Premier ministre britannique. Dans ces courriers, il leur demande de s'occuper de la confiscation des armes et des trésors présents sur leurs sols.

Finalement, vous passez toute la journée en compagnie du président Cleveland. Il vous propose même de passer la nuit à la Maison-Blanche et interrompt le lendemain une réunion pour vous saluer au moment de votre départ. Vous êtes escorté jusqu'au port par des soldats, tel un homme d'État, et embarquez à bord de l'*USS Atlanta*. C'est à bord de ce bateau à vapeur complété de deux mâts, tout premier croiseur protégé de l'US Navy, d'une puissance de 3 500 chevaux et qui avance à plus de 16 nœuds, que vous traversez l'Atlantique en un temps record. Quelques jours plus tard, vous débarquez au Havre, reposé et confiant.

Après un passage à Paris où vous retrouvez votre ami du ministère et le docteur Sarrasin, vous rencontrez Jules Grévy dans une serre flambant neuve du palais de l'Élysée. Les nouvelles venues du monde entier sont plutôt rassurantes. Selon les sources officielles, les machines de Boutefeu ont toutes été neutralisées et son armée de mercenaires a été disséminée aux quatre coins du globe. Quant à l'or, vous n'avez eu aucune information à son sujet. Vous vous dites qu'il vaut mieux que cette incroyable puissance militaire et financière soit dans les mains de gouvernements démocratiques plutôt que dans celles d'un fou.

Vous prenez le train pour Amiens en empruntant la ligne qui vous a conduit, il y a un an, devant Jules Verne. Il vous reçoit à son domicile, dans son cabinet de travail où il prépare un nouveau livre. Vous lui racontez tout ce qui s'est passé depuis votre dernière entrevue. Il vous écoute avec grand intérêt et se laisse fréquemment aller à des réactions stupéfaites lorsque vous lui décrivez les machines que vous avez vues. Lorsqu'il se lève, vous constatez qu'il a du mal à tenir debout. Sa blessure n'est pas encore totalement guérie, et c'est avec un humour résigné qu'il vous dit :

– Je crois que, comme vous, inspecteur, je boiterai jusqu'à la fin de mes jours. Cette plaie sera le douloureux souvenir de mon ennemi intime.

Vous avez été à la hauteur de la confiance que Jules Verne vous a accordée en vous mettant sur la piste de Boutefeu.

Soulagé de savoir que celui qu'il persiste à appeler le Malin n'est plus de ce monde, Verne s'interroge cependant sur le devenir de ses inventions. Il semble tiraillé entre la fierté de savoir que des machines qu'il a imaginées ont pris corps et la honte d'envisager qu'elles auraient pu déclencher une guerre mondiale. Vous partagez totalement son état d'esprit.

– De tout ce que vous m'avez décrit, je crois que cette machine capable de voler, rouler, voguer et plonger est la plus fascinante, lâche Jules Verne. Si je devais la baptiser, je lui donnerais le nom d'*Épouvante*. Je ne sais pas si je l'aurais imaginée un jour, mais ce que vous m'avez raconté me donne envie d'écrire une suite à mon roman *Robur le Conquérant*. Je pense qu'un titre comme *Maître du monde* serait parfait pour qualifier le Malin.

Vous souriez. Son imagination débordante semble déjà en action. À travers les *Voyages extraordinaires* qu'il offre à ses lecteurs, vous voulez croire que l'humanité saura apprendre de ses erreurs, comprendre le monde et bâtir un avenir meilleur en exploitant avec sagesse les progrès scientifiques. Et lorsque vous exposez à Jules Verne l'espoir qui est le vôtre, il répond malicieusement :

– Rien ne s'est fait de grand qui ne soit une espérance exagérée.

DICTIONNAIRE, INDICES ET SOLUTIONS

Dictionnaire des lieux clés

- AFRIQUE
- AMAZONIE
- AMIENS
- AMSTERDAM
- ANGLETERRE
- ANTARCTIQUE
- ANTILLES
- ATHÈNES
- BELÉM
- BERLIN
- BLACK HILLS
- BLUE RIDGE
- BOMBAY
- CHICAGO
- CHINE
- ÉDIMBOURG
- GENÈVE
- GLASGOW
- GROENLAND
- HAMBOURG
- HAUMAKA
- HAWAÏ
- HIMALAYA
- HONG KONG
- ÎLES CHATHAM
- ÎLES MALOUINES
- ÎLES MARQUISES
- INDE
- IRKOUTSK
- ISLANDE
- ITALIE
- JAPON
- KALAHARI
- LA CITY
- LABRADOR
- LAC VICTORIA
- LE HAVRE
- LIVERPOOL
- LOANGO
- LONDRES

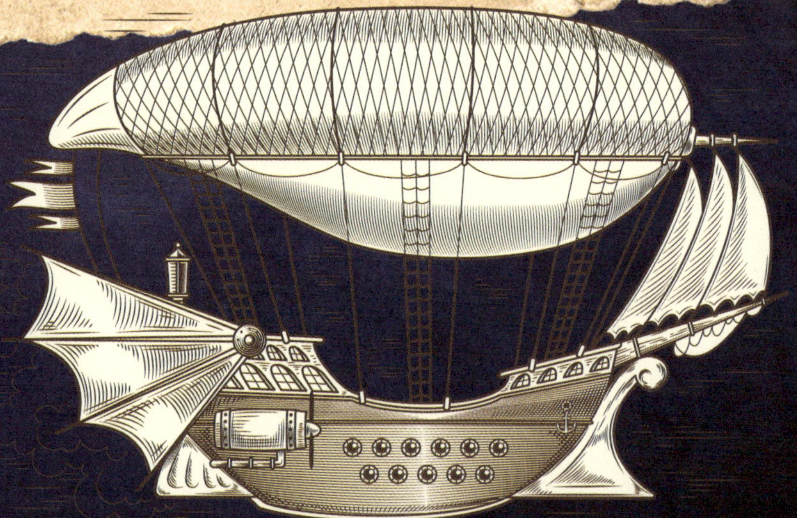

MEXIQUE
MONT BLANC
MONTE-CARLO
MOSCOU
NANTES
NEVADA
NIAGARA FALLS
OREGON
OURAL
PANAMA
PARIS
PHILADELPHIE
PÔLE NORD
POLYNÉSIE
PORT-SAÏD
REYKJAVIK
ROCHEUSES
ROME
SAINTE-HÉLÈNE
SAINT-MALO
SAN DIEGO
SAN FRANCISCO
SARDAIGNE
SHANGAI
SIBÉRIE
SITKA
STROMBOLI
SUEZ
SUMATRA
SYDNEY
TABLE-ROCK
TAMPA
TÉHÉRAN
TEXAS
TIBET
TITUSVILLE
TOKYO
WASHINGTON
WHITE HOUSE
ZANZIBAR

Indices

La maison de Jules Verne

Les nombres ont probablement un rapport avec la numérotation alphabétique présente dans le carnet et avec les inscriptions sur la mappemonde.

Éditeur et confident

Un voyage littéraire peut correspondre à la métaphore de la lecture. Quant aux capitales, ce sont certes des villes, mais elles peuvent également correspondre à des lettres. La lecture du message de Jules Verne ne vous en révèle-t-elle pas certaines que l'on pourrait qualifier d'extraordinaires ?

Voyage au cœur de l'Afrique

Certaines lettres sont visibles malgré la rouille. En observant les différentes bombes, vous devriez pouvoir reconstituer l'inscription.

La porte du Nouveau Monde

Rappelez-vous que les marchandises que vous recherchez se nomment « SHELLS ».

Malgré les taches et les déchirures, l'examen conjoint des deux documents en votre possession doit vous permettre d'identifier l'acheteur des coquilles d'acier. Cherchez la logique de codification des références et faites des recoupements.

De l'artillerie très lourde

Observez bien la position du canon. Cela devrait restreindre la liste des pays potentiellement ciblés. Utilisez ensuite les documents à votre disposition et n'oubliez pas de convertir les unités.

Le sang de la Terre

Commencez par décoder les runes à l'aide du codex. Ce que vous ferez apparaître devrait vous permettre d'identifier une ligne associée au repère principal de la carte.

Une menace sous les eaux

Utilisez toutes les indications et n'oubliez pas qu'un sextant permet de mesurer la latitude et une horloge la longitude, comme il est précisé dans le texte.

L'horloge du Reform Club

Il s'agit probablement d'une méthode de codage par décalage. Une clé chiffrée, répétée autant de fois que nécessaire, permet de décrypter le message.
Par exemple, avec la clé « 1234 » :

ISIAR TBNMC

+ 12341 23412

= JULES VERNE

Il ne vous reste plus qu'à trouver la clé de chiffrement.

La fin justifie les moyens

L'observation des deux premiers essais montre que les lettres O et M ne font pas partie de la combinaison. Il en reste donc quatre à ordonner en vous servant des indications.

La charge de l'éléphant

Le premier déplacement à faire est horizontal et relie deux timbres ayant un carré pour symbole. Ce premier arrêt est associé à la lettre S. Le second déplacement est vertical et relie deux timbres espagnols. Procédez de la même manière pour atteindre *in fine* le timbre situé en bas à droite.

La colère des éléments

N'oubliez pas que Honshū est une île du Japon et que l'Oregon fait partie des États-Unis. Chaque marchandise est associée à un bateau et à une destination. Utilisez les informations qui vous sont données pour remplir le tableau.

La cité de l'acier

Les lettres du code semblent correspondre aux initiales des couleurs de chaque couverture de cahier. Certaines sont barrées et d'autres se répètent. Ces indications devraient vous permettre d'identifier les cinq lettres successives du lieu recherché.

Le vent de l'*Albatros*

Le message est écrit en anglais. Cependant, malgré les lettres manquantes, vous devriez facilement pouvoir comprendre le sens général et identifier une ville évoquée à la fin du message.

Le navire volant

Les filigranes circulaires sont incomplets et ne sont peut-être pas tous orientés de la même façon, mais en les observant attentivement, des lettres redondantes peuvent vous permettre d'identifier des mots.

Une rencontre explosive

Le boîtier est divisé en cinq parties indépendantes. Pour chacune d'elles, remontez les chaînes d'engrenages, de crémaillères et de courroies pour identifier le côté vers lequel il faut déplacer la manette, qui indiquera ainsi une lettre. Les cinq lettres formeront un mot.

La pépite de l'Amazone

La ligne horizontale semble partager les caractères en deux. Considérez une des moitiés du cryptogramme et essayez d'imaginer la moitié manquante.

Sur les traces du jeune Verne

Cette grille doit avoir un sens de lecture. Si elle a été écrite par le Malin, peut-être a-t-il laissé un indice auparavant.

Bonne et mauvaise fortune

Examinez attentivement les initiales présentes sur la liste et essayez de vous rappeler les identités utilisées par le Malin que vous avez découvertes durant votre enquête. Ces noms sont associés à des villes. Une fois cet exercice de mémoire effectué, vérifiez la cohérence entre vos informations et les données de la liste.

L'association providentielle

Ne vous laissez pas perturber par ces rayures. Envisagez l'image sous un autre angle ou prenez du recul pour l'observer.

Face à l'épouvante

Tirer dans les roues n'est pas une bonne option. Utilisez la totalité de vos 6 coups en visant d'autres éléments de la machine et sachez que vous pouvez tirer plusieurs fois sur un même élément.

Solutions

La maison de Jules Verne

En utilisant l'alphabet numéroté du carnet et en appliquant les décalages indiqués par les nombres successifs, on obtient la phrase : « **P.-J. HETZEL GARDE LE SECRET À MONTE-CARLO** ».

L	A	C	A	R	T	E	D	E	S	V	O	Y	A	G	E	S	E	X	T	R	A	O	R	D	I	N	A	I	R	E	S
+4	+9	+5	+4	+2	+6	0	+8	+2	-18	-4	-11	-20	+11	-2	+14	-14	-2	-6	-15	+2	0	-2	-3	+10	+11	-9	+2	-8	0	+7	-4
P	J	H	E	T	Z	E	L	G	A	R	D	E	L	E	S	E	C	R	E	T	A	M	O	N	T	E	C	A	R	L	O

Le lieu à identifier est donc **MONTE-CARLO**.

Éditeur et confident

En relevant les lettres capitales anormales présentes dans le texte, on obtient la phrase : « **LE VICTORIA EST CACHÉ AU NORD DU LAC ÉPONYME** ».
Le lieu à identifier est donc le **LAC VICTORIA**.

Voyage au cœur de l'Afrique

En utilisant les caractères visibles sur les différentes bombes, on peut reconstituer l'inscription : « **Smith Steels Liverpool** ».
Le lieu à identifier est donc la ville de **LIVERPOOL**.

La porte du Nouveau Monde

En examinant conjointement les deux documents, on peut en déduire l'identité de l'acheteur des coquilles d'acier (« shells ») : John Falsy, Flamingos Street, Tampa (FL), United States.
La ville de livraison est donc **TAMPA**.

De l'artillerie très lourde

Le canon Columbiad est orienté au cap 27, ce qui restreint la liste des cibles potentielles à Boston, New York, l'Islande et la Norvège. Il est incliné à 40 degrés, ce qui donne une portée légèrement inférieure à 6 000 kilomètres sur le graphique. La conversion en miles nautiques (M) donne une valeur légèrement inférieure à 3 240 M, ce qui exclut Boston et New York (trop proches), ainsi que la Norvège (trop éloignée). Le lieu ciblé est donc l'**ISLANDE**.

Le sang de la Terre

Le codex permet de décoder les runes. Il s'agit d'une liste de volcans associés aux pays ou aux îles où ils sont situés.

Le repère principal est positionné sur la mer Méditerranée, et le seul lieu qui s'y trouve parmi ceux de la liste est la Sicile. Le nom du volcan recherché est donc le **STROMBOLI**.

Sneffels	Islande
Soufrière	Guadeloupe
Stromboli	Sicile
Piton de la Fournaise	La Réunion
Krakatoa	Indes néerlandaises
Pic de Diane	Sainte-Hélène
Sakurajima	Japon
Rano Kau	Île de Pâques
Haleakala	Hawaï

Une menace sous les eaux

L'horloge sert à indiquer la longitude et vient de **LONDRES**.

	CAP	LONGITUDE	RÉFÉRENCE	LATITUDE	VITESSE	PROFONDEUR	PARIS	LIVERPOOL	SALAMANQUE	HAMBOURG	LONDRES	BARCELONE
SEXTANT				X				X				
HORLOGE		X									X	
SONDEUR						X			X			
LOCH					X							
COMPAS	X						X					X
CARTE			X							X		
PARIS					X							
LIVERPOOL				X								
SALAMANQUE						X						
HAMBOURG			X									
LONDRES		X										
BARCELONE	X											

L'horloge du Reform Club

ZNIKR WNB CWWLTNYOSK. JXQLIKR HIRQ ZURLSEX. UWHBY NCQD.

+ 18631 863 1863186318 6318631 8631 8631863 18631 8631

= AVONS ÉTÉ DÉCOUVERTS. PARTONS POUR **HAUMAKA**. VENEZ VITE.

La fin justifie les moyens

Le code du coffre-fort est **INDE**.

La charge de l'éléphant

Les lettres où l'on s'arrête successivement sont S-U-M-A-T-R-A, qui donnent **SUMATRA**.

La colère des éléments

Les pièces mécaniques seront embarquées à bord d'un bateau à vapeur en partance pour l'**OREGON**.

	Bateau à vapeur	Trois-mâts	Jonque	Bateau à voiles et vapeur	Hollande	Oregon	Pondichéry	Honshū
Café		X					X	
Poivre				X	X			
Piments			X					X
Pièces mécaniques	X					X		

La cité de l'acier

Les seules lettres respectant les conditions données dans le message sont S, I, T, K et A.

Le lieu recherché est donc **SITKA**.

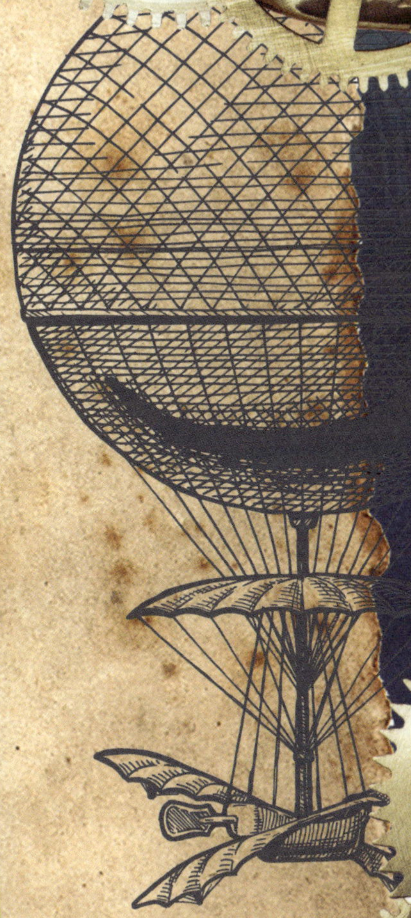

Le vent de l'*Albatros*

Une fois les signaux décodés, on peut lire :

TO ? RATH.
ALB ? OS READY
FO ? IRST TRY!
MEET ON OCT ? 15,
FAIRMOUNT PARK,
PHIL ? HIA.
ROB?.

Le message dit probablement :
« TO MCGRATH. ALBATROS READY FOR FIRST TRY! MEET ON OCTOBER 15, FAIRMOUNT PARK, PHILADELPHIA. ROB?. »

La ville ne peut être que PHILADEPHIA (en anglais), donc **PHILADELPHIE.**

Le navire volant

Le filigrane correspond à l'inscription : « OIL-CREEK-PAPERS-**TITUSVILLE** » .

Une rencontre explosive

Le positionnement des manettes Gauche/Droite/Droite/Gauche/Droite actionne tous les boutons verts et permet d'identifier le lieu **BELÉM**.

La pépite de l'Amazone

En ne considérant que la moitié supérieure du cryptogramme et en imaginant comment les caractères se prolongent, vous pouvez faire apparaître le mot **NANTES.**

Sur les traces du jeune Verne

En lisant les lettres de la grille comme le suggère le symbole gravé sur la pépite d'or du chapitre précédent, on voit apparaître la phrase : « MON OR EST EN SÉCURITÉ **À LA CITY**. »

Bonne et mauvaise fortune

Les identités connues du Malin sont :

- John Falsy, de Tampa ;
- Armand Boutefeu, de Paris ;
- Gilberto Piento, de Madrid ;
- Aman Aag, de Calcutta ;
- Hans Feuer, de Düsseldorf.

La seule identité dont les initiales sont cohérentes avec la ville qui leur est associée sur la liste est celle d'Armand Boutefeu, le Parisien.
La ville à trouver est donc **PARIS**.

L'association providentielle

En inclinant l'image ou en s'en éloignant suffisamment, on voit apparaître un paysage de montagne et l'inscription « **TABLE-ROCK** ».

Face à l'épouvante

La seule solution permettant d'atteindre un score de 100 est de tirer 4 coups dans le moteur (17, WHITE) et 2 coups dans la dérive (16, HOUSE), ce qui donne 4 x 17 + 2 x 16 = 100.
Le lieu à trouver est donc **WHITE HOUSE** (la Maison-Blanche).

CRÉDITS PHOTOGRAPHIQUES

© Gilles Saint-Martin : p. 37, p. 141, p. 165.

© SKGD-Création : pp. 20-21, p. 50.

© Archives Larbor : Ph. Nadar Coll. (p. 7h) ; Ph. O. Ploton (p. 7b) ; Ph. Coll. (p. 14, p. 36h, p. 128, p. 163) ; Ph. Olivier Ploton / Centre International Jules Verne, Amiens (p. 24h, p. 41, p. 62, p. 67h, p. 74, p. 92h, p. 92b, p. 130, p. 144) ; Ph. (p. 32h, p. 108) ; Ph. Coll. / Bibliothèque nationale de France, Paris (p. 33h, p. 42g, p. 94, p. 109, p. 110, p. 111, p. 156) ; Ph. Jacques Bottet (p. 54) ; Ph. Jeanbor / Bibliothèque nationale de France, Paris (p. 73) ; Ph. Elliott et Fry - Coll. (p. 75) ; Ph. Jeanbor / Musée de la Marine, Paris (p. 106) ; Ph. Jeanbor / Musée Carnavalet, Paris (p. 118) ; Ph. Jeanbor / Musée de l'Air, Paris (p. 126) ; Ph. Michel Didier / Service historique de la marine, Vincennes (p. 145) ; Ph. Olivier Ploton / Collection particulière (p. 168) ; Ph. Herbert Coll (p. 177).

© Archives Larousse : Ph. Meurisse Coll. / Bibliothèque nationale de France, Paris (p. 12) ; Ph. O. Ploton (p. 39, p. 121) ; Ph. Coll. (p. 42d, p. 48h, p. 51, p. 136, p. 178) ; Ph. (p. 46, p. 55) ; Ph. Olivier Ploton / Centre International Jules Verne, Amiens (p. 131, p. 171).

© Archives Larousse – DR : Ph. Coll. (p. 49h).

© US Capitol : Ph. / Capitole des États-Unis, Washington (p. 129h).

© Bibliothèques d'Amiens Métropole / Coll. Archives Larousse : Ph. / Collection Jules Verne des bibliothèques d'Amiens Métropole (p. 150h, p. 150g) ; Ph. P.J. Delbarre (p. 152).

© Shutterstock

© AdobeStock

Domaine public : *White Star Liner Adriatic*, George Parker Greenwood, 1889 (p. 47) ; *La Jangada - Huit Cents lieues sur l'Amazone*, Jules Verne, 1881 (p. 80) ; Zenodot Verlagsgesellschaft mbH (p. 139).